Nicolas Paolizzi

TI AVREI DATO TUTTO

Io e te a 313 km dalla felicità

Rizzoli

Pubblicato per

Rizzoli

da Mondadori Libri S.p.A.
Proprietà letteraria riservata
© 2019 Mondadori Libri S.p.A., Milano

ISBN: 978-88-17-14192-5

Prima edizione: giugno 2019
Seconda edizione: giugno 2019
Terza edizione: luglio 2019

Realizzazione editoriale: studio pym / Milano

A mia madre,
per esserci stata sempre,
anche quando nessuno mi stava vicino.

Dedico questo libro a me,
per aver avuto il coraggio di riprendere in mano questa vita,
anche quando sembrava essere finita.
Dedico questo libro a me,
per aver avuto la forza di bastarmi da solo,
anche quando avevo trovato la persona che mi completava,
o forse non mi completava affatto,
mi aveva solo tirato fuori dal nulla
e poi nel nulla mi ci aveva fatto tornare
non essendoci più, con me.
La persona che mi ha fatto capire che "accanto"
è un posto bellissimo dove abitare.

Tre mesi di vita mi avevano dato
se non avessi ricominciato a mangiare
e a vivere...

Cari sognatori,
è così che mi piace chiamare chi mi segue.

Sono Nicolas Paolizzi, vi sto scrivendo con il cuore in mano per anticiparvi, in queste poche righe, il perché di questo libro e perché condivido ogni giorno sul mio account Instagram i miei pensieri per aiutare qualcuno di voi.

Devo tutto all'amore, perché l'amore mi ha salvato la vita e può salvare chiunque sia pronto ad amare.

Nel 2017 ho iniziato a soffrire di anoressia nervosa, proprio come la protagonista di questo libro, Nicole.

Avevo 17 anni e mezzo e sentivo dire che questa malattia colpisce solo le ragazze, io sono un ragazzo e non ci sarei mai entrato dentro.

Mi hanno spiegato durante il mio percorso di guarigione che teoricamente è così, ma solo perché statisticamente i ragazzi sono meno delle ragazze, ma esistono, soffrono ogni giorno e vivono silenziosamente.

Mi hanno spiegato che spesso a causare l'anoressia

ci sono forme di depressione che colpiscono le persone a qualsiasi età, in cui la voglia di scomparire da questa vita ti porta a smettere piano piano di mangiare, prima per perdere peso, per togliere quei chili di troppo, e subito dopo per sentirti più leggero, meno pesante, meno un peso per qualcuno, meno un problema per tutti, per scomparire definitivamente.

Mangiavo poco e niente, passavo il tempo a fare moltissima attività fisica e nel resto della giornata mi chiudevo nella mia stanza e mi isolavo dal mondo, avevo smesso di socializzare con gli altri, avevo smesso di vivere, un po' come respirare all'aria aperta.

A gennaio 2018 toccai il mio peso più basso, di gran lunga sotto il mio BMI, al limite della sopravvivenza. Io, insieme ai miei genitori, ho deciso di farmi aiutare. Al primo controllo, i nutrizionisti erano spaventati dal peso sulla bilancia. Al secondo controllo, dopo due settimane, era ancora più basso. Di comune accordo con gli psicologi mi dissero «Hai tre mesi di tempo per ricominciare a mangiare e a vivere, se continuerai a perdere peso i tuoi organi entro 90 giorni non riusciranno più a sopravvivere», e continuarono: «Noi ti aiuteremo, ti staremo accanto, ti daremo indicazioni, ma tu devi riprendere in mano questa vita e non lasciar vincere questa voglia di scomparire, questa depressione».

Lì ho capito che avrei dovuto iniziare ad amarmi.

Avendo una persona accanto, anche se non lo era fisicamente, ho ricominciato a farlo. Avrei dovuto farcela da solo, ma avevo bisogno di qualcuno che mi amasse più di quanto mi fossi mai amato e apprezzato io, così come la protagonista di questo libro.

In questo libro vi racconterò la storia di Nicole, che un po' è la mia e un po' di chiunque riesca a immedesimarsi in lei. In questo libro vi racconterò anche la storia di Marco, che è colui che ha salvato Nicole.

Vi racconterò la loro bellissima storia d'amore e vi prometto che continuerò a scrivere di loro, perché Nicole, attraverso le mie parole, ha ancora tanto da dirvi e da insegnarvi.

Ha ancora tanto amore da trasmettervi e tanta voglia di vivere.

E io voglio aiutare gli altri tutta la vita.

Per questo continuerò a scrivere finché avrò le forze.

Perché oggi amo la vita.

E spero che questo libro aiuti anche voi ad amarla al cento per cento.

Ad amare voi stessi al cento per cento.

Nicolas

Ti avrei dato tutto

CAPITOLO I

*Ci sono persone che incontriamo per caso
e altre per scelta.*

Ricordo ancora la prima volta che ti ho visto. Avevo 15 anni e tu ne avresti compiuti 17 da lì a poco.

Ero al mare quel giorno perché non avevo niente da fare e proprio non avevo idea che in quel posto magico avrei visto te.

Tu con i capelli biondi e gli occhi azzurri passeggiavi sulla spiaggia e io camminavo tra gli ombrelloni.

Da quel giorno ho trovato qualcosa da fare: avevo deciso di conoscere te. E che ne sai tu degli interrogatori che ho fatto per sapere il tuo nome, in quello stabilimento dove ti ho visto la prima volta.

Quando ho scoperto come ti chiami è stato come vincere il premio che aspettavo da sempre.

Ho cercato il tuo profilo su Facebook e ti ho mandato quella richiesta che tu hai esitato ad accettare. Non sapevi chi fossi, ma io sapevo già tutto di te e a breve avresti saputo ogni cosa di me.

Da quel "ha accettato la tua richiesta" non ho smesso un attimo di guardarti.

Ti osservavo come si osservano le cose rare, quelle che non meriti di toccare, quelle che devi stare ferma a scrutare da lontano, per paura di romperle, per paura di disturbarle. Più ti guardavo e più ti fissavo nella mente, eppure neanche ti conoscevo, alla fine la voglia di comunicare con te ha vinto e ti ho scritto.

Io, Nicole, con i capelli castano scuro, le lentiggini coperte da un flacone di fondotinta e gli occhi marroncini, quasi neri, ho scritto a te, Marco, con gli occhi azzurri come il mare, i capelli biondi e quel sorriso timido che spunta in qualche foto.

Ti ho scritto, ed è stato un atto di coraggio che non rimpiango.

Ti ho scritto come si scrivono quei messaggi che sembrano nati per caso, ma che sono studiati da tempo.

«Ciao, posso disturbarti?»

E la mia vita è cambiata per sempre. Io giuro, non lo sapevo che per stravolgerla sarebbe bastato un "Ciao, posso disturbarti?", altrimenti da quando ti ho visto la prima volta ti avrei scritto ogni giorno.

Non te l'ho mai detto, che dietro quel messaggio c'erano giorni di ricerche, spionaggi, confronti.

Avevo già intuito i tuoi gusti e li avevo messi a confronto con i miei, e diamine se eravamo compatibili.

Come lo sono le chiavette usb e i pc, il ketchup e le patatine fritte.

Ti ho mandato il messaggio e tu non mi hai risposto subito, mi hai fatto tremare qualche ora e poi mi hai scritto.

«Non mi disturbi affatto.»

Quelle parole sono arrivate al mio cuore come gli uragani in piena estate.

Io, che non credevo all'amore sui social e neanche ai rapporti a distanza, giuro che da quel momento ho iniziato a crederci un po'.

Così abbiamo iniziato a parlare, i soliti messaggi che si mandano i timidi, poi però volevo andare più a fondo e ho iniziato a farti delle domande.

A volte le risposte le conoscevo già, ma che importa, sentirle da te le rendeva così fottutamente belle.

Ho scoperto che ti piace il mare, ma non ci vai spesso, che sei stato in vacanza dalle mie parti soltanto una settimana con i tuoi e così sei capitato nel mio posto, quello dove ti ho visto la prima volta. Quello dove vado per perdermi nel rumore delle onde, perché il mare ti salva sempre.

E io giuro, non lo sapevo, che da quel giorno a salvarmi saresti stato tu.

«Ti va di venire una volta qui, per tornare a perderci nel mare insieme?»

«Perché no?» hai risposto.

Avete presente quella strana voglia di sorridere che arriva all'improvviso e non puoi farci niente? Ecco, ho iniziato a sorridere e, giuro, non avrei voluto smettere mai.

«Io sono di Roma, a 313 km da te» mi hai scritto.

Non avevo mai preso un pullman che non mi portasse al liceo prima di allora, non ero mai salita su un treno, però in quel momento ho pensato "chissenefrega", quello che volevo era incontrarti.

«C'è un posto al mare da me pieno di navi e lucine che di sera brillano ininterrottamente, ti va di andarci insieme?» ti ho proposto.

«Sarebbe bellissimo, ma non so se riesco a convincere i miei genitori. Non sono mai partito da solo.»

"Sei fortunato ad avere qualcuno che si preoccupa per te, per i miei è quasi come se non esistessi" ho pensato. E poi mi hai scritto: «Comunque intendo fare di tutto per venire da te. Voglio provarci davvero».

Io non me lo aspettavo, che un semplice "voglio provarci" potesse farmi battere il cuore con l'impeto di una porta che sbatte per la corrente, ma questo non te l'ho mai detto e abbiamo continuato a chiacchierare del più del meno.

Ogni giorno parlavamo sui social e più il tempo passava e più io mi innamoravo.

Sembra banale, forse avventato, ma cavoli se ci si può innamorare tramite un semplice social.

Quando passi le giornate chiusa nella tua cameretta a guardare video, quando non hai amici perché sei timida, o una famiglia con cui sfogarti, trovare una persona con cui passare il tempo e che ti regala qualche momento felice tra un problema e l'altro, che riesce a farti sognare ancora un po', può davvero farti esplodere il cuore. Non sei abituata a sentirlo così forte.

Ma come potevamo sperare di incontrarci davvero noi due?

Io bloccata in provincia e tu con quei genitori che ti tenevano stretto in quella città.

Era tutto troppo bello per essere vero, forse sarebbe rimasto un sogno, uno di quei tanti sogni che mi tormentavano la testa.

Eppure eri così perfetto, ogni tuo messaggio era perfetto, dal "buongiorno" alla "buonanotte", mai una parola fuori posto, mai una stupida faccina.

È come se la tua presenza nella mia vita mi stesse scongelando, io che avevo un bisogno estremo di qualcuno che mi scaldasse l'anima e me la facesse tornare pura.

Ma a 15 anni non è facile pianificare un incontro, e

poi ci vogliono i soldi per comprare i biglietti e magari dei vestiti decenti per sembrare più bella.

Però ho deciso di provare e di buttarmi a capofitto su di te, tanto non avevo nulla da perdere.

Avevo in tasca un po' di "niente" che poteva soltanto diventare "tutto", un bellissimo "tutto."

Ci sei tu, e ci sono io, perché non provare a diventare un bellissimo "noi"?

In un mare di niente, io e te, eravamo tutto, come la pioggia quando non ti aspetti niente.

NON POSSO
TOCCARTI LA MANO

E QUINDI

STRINGO ANCORA PIÙ
FORTE **LA MIA.**

TI AVREI DATO TUTTO

è la frase che parla di noi,
anche se noi siamo stati
bravi a parlare soprattutto
con gli occhi.

Ci sono storie che
finiscono per caso
quando due persone
smettono di amarsi
e nessuna delle due può
farci niente.
E poi, ci sono storie che
non finiscono affatto,
uno dei due va avanti e
l'altra persona si ferma
in un punto del mare e

smette di attraversarlo,
come una nave in difficoltà,
in balìa delle onde.
Si ferma in un punto e smette
di vivere, inizia a pensare e non
si dà pace, aveva riposto la sua tranquillità
in una persona
che è andata via per sempre
e cavolo, non è affatto facile
ritrovarla
questa benedetta tranquillità.
Questa è la nostra storia,
che in fondo, finiti non lo
siamo stati mai.
Non ci penso neanche
un secondo a smettere
di pensarti, perché pensarti
è l'unica cosa che mi rimane
quando non posso
averti accanto.
Non posso averti accanto
e quindi scelgo di averti
nella mia testa.
Non posso toccarti la mano
e quindi stringo ancora più forte
la mia.

In fondo, a volte,
mi basta semplicemente
pensarti.
Le giornate passano più in fretta quando penso a te.
Non come quando c'eri,
ma quasi
e questo mi basta per
andare avanti.

«Io non ti pensò più.»
Mi hanno detto che ripeterlo tante
volte ti ci fa credere davvero.
E allora io me lo scrivo ovunque.
Sulle note del mio smartphone,
sui foglietti dei miei quaderni,
lo dico a chiunque
mi chieda ancora di te:
«'Sticazzi, io vado avanti».
Qualche mese fa avevo l'impressione
che chi mi stava intorno
non mi credesse
poi così tanto.
La chiamano
reazione dopo una tragedia
quella in cui ti isoli
dal mondo e ti rifugi

sotto le coperte,
quando qualcuno di importante
scappa via
dalla tua vita.
Io l'ho provata bene
questa sensazione
e le persone intorno a me
lo sapevano.
Sapevano che dietro ai miei: «Tutto bene»
c'eri tu, in carne e ossa,
a dimensione umana,
a bussare nei miei pensieri
e col cavolo che
stavo bene.
Sapevano che dietro ai:
«Oggi non mi va di uscire... passo»
c'era la solitudine
che mi attanaglia il cuore,
da quando ho iniziato
a farci i conti,
da quando con me
non ci sei più tu.
Sapevano che dietro ai:
«Faccio schifo»
c'erano le mie insicurezze, sprigionate fuori
da quando ho smesso di ricevere

apprezzamenti da qualcuno,
da qualcuno
che non sia tu.
Sapevano che qualcosa in me
non stava funzionando
e non si trattava del mio cuore,
funzionava anche troppo bene,
si trattava della mia testa
entrata in loop come
una scheggia nelle scarpe,
quando fuori
è tempesta.

La verità
è che la mia persona
del passato
la tua mancanza la sentiva e,
nella sua ingenuità,
la faceva notare.
La mia persona del presente
ha capito come
fregare chi le sta attorno,
basta poco
per ingannare qualcuno
a cui in realtà non frega niente,
se non quel poco

che serve
per mandare avanti
una conversazione.
Per questo
ti chiedono:
«Oddio che succede?».
Beati loro che se ne fregano.
A me, invece, freghi ancora tu.
Diamine.

CAPITOLO 2

I compleanni sono i miei giorni preferiti,
è una buona scusa per scrivere a chi non scriveresti mai.

I giorni passavano in fretta, tra una chiacchierata e l'altra.

Ma a metà febbraio, la sera prima del tuo compleanno, ho deciso di smuovere la situazione, così ho aperto le note del mio smartphone e ho iniziato a scriverti, ho iniziato a pensare a una dedica di quelle che lasciano il segno.

Volevo scriverti una lettera perché tu, da quel primo gennaio in avanti, a me avevi dedicato ogni giorno della tua vita e io sentivo di non aver fatto abbastanza, non ancora, volevo ripagarti per aver speso tutto quel tempo per me, che poi magari per te non era niente, ma per me era tutto.

Tu eri tutto.

Avevo l'abitudine, prima di conoscerti, di andare a dormire molto presto, ma da quando c'eri tu di andare a dormire presto non ci pensavo nemmeno per sbaglio.

Non mi andava di sprecare nemmeno un secondo della mia vita senza passarlo a parlare con te.

E allora ho deciso di scriverti e mi sono imposta di restare sveglia fino a mezzanotte.

Avevo gli occhi che si chiudevano, le braccia che tremavano, perché febbraio è un mese molto freddo e anche se avevo tante coperte addosso avrei preferito avere le tue braccia a stringermi, mi avrebbero scaldata di più.

Tu mi avresti scaldata di più.

00.01, invio il messaggio.

Me ne pento subito dopo, provo a cancellarlo, a spegnere internet, ma nulla sembra funzionare.

Consegnato.

Uno di quei messaggi chilometrici che nessuno leggerebbe mai, ma allo stesso tempo tutti vorrebbero ricevere.

Io però sentivo da dentro che tu quel messaggio lo avresti letto tutto e ti sarebbe piaciuto, perché a te piacciono le cose semplici, delicate, e questo me lo avevi detto un sacco di volte, che apprezzi il "tanto" ma ti accontenti ancora di più del "poco" se è fatto con il cuore, con il cuore di chi vive solo per te, si spegne per te, si rialza per te, e sorride solo con te.

Dopo un'oretta visualizzi il messaggio, il mio cervello inizia a pensare e io vorrei dirti tutto e allo stesso tempo niente, mi faccio mille film mentali, mi passa anche tutta una serie tv nel cuore, non so per quale motivo, ma è una serie tv drammatica.

"Mi ignorerà sicuramente" penso.

Attendo ancora un po', ma non vedo alcuna risposta, sento il mio cuore precipitare e farsi in mille pezzi, perciò decido di andare a dormire.

"Che senso ha stare svegli per qualcuno che non risponde nemmeno a un tuo messaggio, nonostante tu abbia impiegato ore per scriverlo, perché sei una frana con la scrittura, ma ci hai provato lo stesso?" urlo dentro di me.

Era un urlo straziante, di chi ci ha creduto troppo e si è sbagliata di grosso.

Non eravamo niente, in fondo, forse solo semplici amici, forse avevo sbagliato a inviarti quel messaggio, forse era troppo, o forse era troppo poco, forse semplicemente non dovevo inviarlo e dovevo tenerlo solo per me.

Migliaia di parole giravano dentro la mia testa ma io non avevo una paletta rossa, come quella dei vigili urbani, per fermarle tutte. E così le ho lasciate scorrere.

Ho lasciato che mi divorassero dentro per un po' e poi ho deciso di andare a dormire, anche se già sapevo che sarebbe stata una notte infernale.

La mattina mi sono alzata distrutta, avevo dormito malissimo, ma quando ho guardato il telefono c'era un tuo messaggio chilometrico.

E chi se lo aspettava un messaggio così bello?

Mi hai scritto: «Scusa se non ti ho risposto subito, ma non ho avuto la forza di metabolizzare il tutto, le tue parole mi hanno scaldato un po' il cuore, forse tra di noi c'è qualcosa di più, dobbiamo soltanto trovare il modo di capirlo meglio».

Tu avevi metabolizzato tutto e io non avevo capito niente.

Ma di quel "niente" sapevo solo una cosa, sapevo che non dovevo lasciarti scappare, perché eravamo qualcosa, un bellissimo qualcosa.

Qualcosa che mi avrebbe cambiato la vita per sempre e me l'avrebbe stravolta interamente, come il cambio di stagione quando ormai ti sei abituata ai vestiti invernali.

Non è facile, lo so, ma a volte serve dare una svolta a tutto, per poterci credere ancora un po', credere che tutto possa cambiare in meglio.

Da quando eri arrivato tu la mia negatività era scomparsa del tutto.

Così ho deciso che a giorni ti avrei fatto la domanda più delicata della mia intera esistenza, quella che forse mi avrebbe cambiato tutta la vita per sempre, ma chissà.

Avevo già un'ansia tremenda, ma in fondo l'ho sempre pensato che buttarsi è la cosa più bella di tutte, è la cosa più bella da fare quando la terra dove stai camminando non è poi così tanto salda come credevi e potresti cadere da un momento all'altro.

E io volevo cadere, ma volevo cadere su di te, insomma, tra le tue braccia, tra i tuoi occhi azzurri come il mare, tra i tuoi capelli, che non ho mai capito di che colore fossero, forse biondo cenere o forse poco più chiari, ma a me piacevano così tanto.

Mi perdevo nei tuoi occhi ma forse non ti avrei rivisto mai.

Precipitavo nel profondo dei tuoi occhi solo attraverso una semplice fotografia, impressionante.

Un po' come te, che attraverso qualche semplice messaggio mi avevi fatto immergere in te e giuro, non sono riuscita a uscirne mai, eppure ci ho provato, senza esiti.

Da quando avevo visto la tua prima foto, giuro, ti appartenevo.

Ti appartenevo interamente.

E tu manco lo sapevi.

Ma lo avresti saputo.

Molto presto lo avresti saputo.
Amore è anche questo.
Pensarti senza poter averti accanto.
Neanche un attimo.

L'AMORE È NON
PENSARE A NIENTE,
MA GIOCARSI TUTTO,
LASCIARE DA PARTE
LA TESTA E BUTTARCI
DENTRO OGNI PEZZO
DI CUORE.

TI AVREI DATO TUTTO

è la frase che parla di noi,
anche se noi siamo stati
bravi a parlare soprattutto
con i piccoli gesti
ma non ci siamo accorti che erano
fondamentali.

Mica lo sapevo
che prima di conoscerti
mi conoscevo a metà
e da quando ho conosciuto te, invece,
ho conosciuto anche l'altra
parte di me,
quella
che sa amare.
L'amore non è qualcosa

che va calcolato,
in cui bisogna sommare
o sottrarre punti,
in amore si mette tutto
in ballo.
L'amore non è
una equazione
matematica,
in cui, se sbagli un calcolo,
tutto smette di
funzionare.
L'amore è sbagliare,
sbagliare tanto.
Sbagliare in due.
Migliorarsi a vicenda.
L'amore è non pensare a niente,
ma giocarsi tutto,
lasciare da parte la testa
e buttarci dentro
ogni pezzo
di cuore.
L'amore non pretende di
dare tutto in una volta,
l'amore chiede qualcosa
ogni giorno.
L'amore non è rimanere indenni,

durante tutto il percorso,
l'amore ti cura l'anima,
ma ti ferisce anche,
l'amore ti mette i cerotti alle ferite
e te li strappa subito dopo.
L'amore ti fa crescere,
più di ogni altra cosa,
prima di trovarlo
hai il cuore così giovane,
una volta che inizi ad averci a che fare
diventa magicamente immenso.
L'amore ti protegge,
un po' come le vitamine,
ti può toccare,
a volte piano,
altre volte più forte,
ma soltanto
per testare quanto ti ha reso solido.
L'amore è non pensare a niente,
ma è anche pensare di non porsi limiti.
Dare tutto
senza aspettarsi niente in cambio.
L'amore è pagare un caffè
senza aspettarsene un altro.
L'amore è aprire la porta dell'auto a qualcuno,
soltanto per dare una mano.

L'amore è ricordarsi del suo compleanno,
perché ti rende felice, come se fosse capodanno.
L'amore è fatto di piccole cose,
non è meccanico,
è l'unico sentimento
rimasto ancora allo stato naturale,
per questo
è speciale.
Ti giuro
che non riesco a dimenticarti.

Sì,
ci provo a fare tutte quelle cose
che fanno le persone normali.
Ho provato a dimenticarmi di te,
a non pensarti,
a camminare,
a fare maratone di serie tv,
a riordinare la mia playlist,
ma tu
eri in ogni cosa che facevo
e giuro ho smesso di fare ogni cosa,
da quando con me
non ci sei tu.
Da quando con me
non c'è il tuo sorriso

che riordina i miei pensieri più neri
e le mie lune incasinate.
Da quando con me
non c'è quel soffitto che condividevamo
io non ho più il coraggio
di guardare in alto da solo.
Non voglio girarmi
e non vedere te accanto.
Vederti di fianco a me
è tutto quello che voglio.
Vedere i tuoi occhi bui
prendere colore
quando riesci a tenerti stretto
qualcosa che ti piace
da impazzire
è bellissimo.

Era un periodo proprio strano.
L'inverno era sempre stato
il mio periodo preferito,
per il Natale, la neve, le felpe,
la cioccolata calda, il fuoco,
ma la verità è che il freddo
è bello quando hai qualcuno
che non te lo faccia sentire,
quando hai qualcuno al tuo fianco.

Quando non hai nessuno
il freddo ti divora dentro,
come un leone con la
sua preda, non gli importa
se hai sofferto
o se soffrirai,
fa quello che vuole con te
e ti lascia
un segno indelebile,
un segno che non va via,
anche se cerchi di farlo sciogliere
con il fuoco del camino
rimane freddo,
è un segno che non si riscalda,
è un segno che non molla la presa,
al massimo
ti azzanna.

Fu così che entrai stupidamente
in uno di quei periodi di chiusura,
non me ne accorsi all'istante,
mi resi conto di tutto
quando ormai ci stavo
dentro fino al collo,
quando uscirne era solo un sogno.
Mi resi conto di tutto quando

la mattina mi alzavo
e non trovavo
i messaggi del "buongiorno"
e la sera quelli della "buonanotte".
Quando avevo voglia di uscire
ma me la facevo passare,
tutto d'un tratto.
Quando mi andava una pizza
e non c'era nessuno
che mi chiedesse "mi dai una fetta?".
Quando mi trovavo in un bar
e non dovevo insistere
per offrire il caffè a nessuno.
Quando iniziai a farmi paranoie
su cose che non esistono.
Quando iniziai ad aprire gli armadi
e a trovarci dentro
scheletri che tornano in vita
invece di giacere lì per sempre morti.
Quando non pensi di avere
alcuna bellezza,
quando ti senti insicuro e fragile,
quando non credi più a nulla e a nessuno
e speri soltanto che un giorno
tutto quello che ti lacera dentro
smetta di ucciderti

e inizi a farti
vivere.

Ecco, lì mi resi conto
di starci dentro fino al collo,
avrei potuto appigliarmi
a qualcosa in cui credere
e invece
sperai di tornare a credere
in noi.

CAPITOLO 3

Sei di chi ti mette al primo posto, perché hai la certezza di non dovergli dare mai seconde possibilità.

4 marzo 2018.

A mezzanotte mi arriva una chiamata.

Stavo già dormendo da un pezzo, ma una vocina nella mia testa mi ha sussurrato "Diamine, Nicole, rispondi" e io non avevo voglia di perdermi niente di te, così ho aperto gli occhi.

Era un periodo così strano che avevo deciso di raccogliere ogni cosa mi capitasse, le cose brutte mi avrebbero fatta stare un po' male, e quelle belle mi avrebbero dato la forza di raccogliere altre cose brutte, così ho deciso di rispondere.

Sapevo che eri tu.

Con la tua voce calda mi hai chiesto per la prima volta: «Ti disturbo?».

«No, non mi disturbi mai tu.»

Ti pare che una cosa bella come te possa disturbarmi? Assolutamente no.

E io mica lo sapevo, che un "Ti disturbo?" potesse segnare l'inizio della chiamata più bella della mia vita.

Io mica lo sapevo, che quella telefonata mi avrebbe regalato una montagna di felicità e poi di tristezza, e poi di nuovo di gioia contornata da tanto tanto amore.

Abbiamo parlato tutta la notte.

Mi ricordo che a un tratto ti ho detto: «Hai una voce così bella».

Me ne sono pentita in un secondo, non sono il genere di ragazza che dice queste cose, insomma, non lo sono mai stata.

Ma poi tu hai risposto: «Chiamare voce la tua vorrebbe dire sminuirla, perché è arte pura».

E ho capito di aver fatto proprio bene a rischiare. La telefonata aveva preso una piega bellissima. E tu manco lo sapevi che mi avresti migliorato la nottata e anche la mattina dopo, a scuola.

Erano le 3.

Insomma, erano passate tre ore e io non me ne ero neppure accorta. Avrei passato altre centinaia di ore a parlare con te, se solo non avessi avuto lezione la mattina dopo.

Ho sentito che sussurravi qualcosa, ti ho chiesto di ripetere e tu mi hai detto dolcemente: «Hai delle belle labbra, le ho viste nelle foto, di quelle che vanno baciate dolcemente, per non sfiorarle troppo».

Il cuore ha iniziato a battermi forte.

Non te lo so spiegare, non ti so spiegare cosa sia successo in quel momento, ma qualsiasi cosa fosse è stata fottutamente bella.

Non sapevo cosa risponderti.

Ormai lo sanno tutti che sono una frana con le parole.

Davvero, le mie palpebre hanno iniziato a tremare, non sapevo potessero farlo, non mi era mai successo prima.

Ho fatto una risata isterica e ho buttato giù una domanda senza pensarci su troppo: «Ti va di abbattere questi 313 chilometri con me?».

Mi hai risposto senza esitare un secondo: «È tutto quello che sogno. Ma prima vorrei chiederti: ti va di stare per sempre con me? Io do molto valore al per sempre, non lo dico tanto per».

E certo che avrei voluto starci anche tutta la vita con te, ma sono sempre stata una ragazza molto orgogliosa oltre a essere terribilmente timida.

Ho risposto senza un brivido di romanticismo con un semplice: «Proviamoci».

E tu mica lo sapevi che quel "proviamoci" per me era un "diamine, se voglio", ma era anche molto, molto di più.

Per me voleva dire: io ti sto aspettando da tempo, da

prima di conoscerti, e non aspettavo altro, non aspettavo altro che te.

Se un domani mi chiedessero qual è la mia data di nascita, risponderei: 4 marzo.

In fondo, grazie a te, ero rinata anch'io.

Quel giorno ho sentito le vene calde e i brividi ovunque, come mai mi era capitato prima.

Ero la stessa di prima, con i miei difetti e i miei tempi bui, ma adesso avevo qualcuno accanto a me, non fisicamente come ce lo avevano tutti, ma sentimentalmente sì, e a me bastava questo.

Bastava sorridere per continuare questo sogno, questo bellissimo sogno.

VORRESTI NON FARCI
CASO, SMETTERE DI
PENSARE, MA NON CI
RIESCI. HAI TROPPE
COSE DENTRO PER
LASCIAR ENTRARE UN
PO' DI PACE.

TI AVREI DATO TUTTO

è la frase che parla di noi,
anche se noi siamo stati
bravi a parlare soprattutto
quando eravamo uno accanto all'altra
e non riuscivamo
a staccarci,
neanche per sbaglio.

Accanto non è un posto per pochi,
ma per pochissimi.
Accanto è per chi sa farti piangere,
ma solo di gioia.
Accanto è per chi ti porta al cinema
quando stai male.
Accanto è per chi viene a bussare alla tua porta
quando al telefono non vuoi rispondere.

Accanto è un posto che si merita
solo chi sa farti sorridere sempre.

Ma accanto è anche un posto
che stai cercando da troppo tempo.
Ti meriti qualcuno che ti faccia sorridere,
quando i tuoi sorrisi non sorridono.
Ti meriti qualcuno che ti stia accanto,
anche senza starti costantemente vicino,
e che ti faccia sentire forte
quando cadi ma non volevi.

Sei forte,
perché ti rialzi
ogni volta.

CAPITOLO 4

Certe persone le incontri
quando hai l'esperienza giusta per saperle tenere.

Tutto proseguiva per il meglio, mi stavo abituando ad avere qualcuno accanto pur non avendolo accanto mai.

Quella del 23 aprile era una mattina come le altre, ricordo soltanto di non essere andata a scuola, avevo un po' di influenza.

Ero sul letto quando hanno suonato alla porta, mi sono alzata e sono andata a vedere chi fosse.

Era mia zia, si era ricordata che era il compleanno di mia mamma. Ha appoggiato delicatamente il regalo sul tavolo e mi ha detto: «Sto organizzando una gita turistica per Roma con i colleghi di lavoro, ti andrebbe di venirci? Partiamo domenica 4 giugno, sono sicura ti farebbe bene uscire un po'».

Ho subito pensato che quel "una gita turistica per Roma" fosse la notizia migliore del mese.

L'ho pensato nel momento in cui ho sentito i miei battiti accelerare come una Ferrari durante le gare.

In quel momento ho avuto la certezza di voler abbattere questa maledetta distanza tra me e te, di voler sconfiggere ogni chilometro che ci separava, di voler dare una svolta a tutto, perché sentirsi senza vedersi non è affatto bello e io ero stufa di aspettare.

Quasi tutte le mie amiche infatti avevano il principe azzurro affianco.

E io?

Io non avevo nessuno, ma desideravo tanto averlo, cavoli se lo desideravo.

Ho preso in mano il telefono e frettolosamente ti ho scritto un messaggio senza pensarci su troppo: «Il 4 giugno vengo da te a Roma. Mia zia organizza una gita con i colleghi. Troverò il modo di staccarmi dal gruppo e correre da te».

Invio.

Tu visualizzi subito, non potevo crederci, eppure era vero.

Dentro di me nascono pensieri pesanti come macigni.

"Avrà pensato stessi scherzando? Non vorrà vedermi davvero? Forse non sono il suo tipo fisicamente…"

I soliti pensieri che mi colpiscono quando le risposte si fanno attendere troppo e invece il cervello continua a lavorare.

Perché in fondo noi non smettiamo mai di pensare e molto spesso pensare fa dannatamente male.

Soprattutto quando tra mille pensieri quotidiani ce ne sono circa dieci positivi, e con tutti gli altri bisogna farci la lotta per avere la meglio.

Ma io non sempre ci riesco.

Ho aspettato ancora un po', poi finalmente sul mio display è comparso un "Marco sta scrivendo…" che mi ha fatto lo stesso effetto dei secondi prima dell'inizio di un nuovo anno, un'attesa unica, devastante, in meglio intendo.

«Ho paura… ma va bene» mi hai risposto.

«Paura… paura di cosa?» ho chiesto.

«Paura di non piacerti. Mi hai visto per poco in spiaggia quest'estate, comunque sono felice che verrai a Roma e che ci vedremo per la prima volta, anche se qui non c'è il mare, quindi mi toccherà venire lì a vederlo con te.»

«Ho le tue stesse paure, però insieme possiamo farle scomparire, come quando il sole esce da dietro le nuvole e illumina quelle giornate piene di dubbi.»

E come glielo avrei spiegato ora, ai miei genitori, che dall'altra parte dell'Italia si nascondeva la mia persona?

Non avevo le parole giuste e neanche i sentimenti adatti.

Era tutto tremendamente forte e io non riuscivo a tranquillizzarmi.

Ho pensato di aspettare a dirglielo, tanto avrei pagato il viaggio con i miei soldi e a loro non sarebbe interessato minimamente, o forse sì, non aveva importanza.

L'unica cosa che conta è l'amore e io volevo vivere d'amore.

Volevo viverlo ogni giorno della mia vita e volevo fosse la mia unica droga. Volevo farmi di amore perché è l'unica cosa a farmi stare bene in questo mondo di solitudine e amicizie false.

TI PORTEREI AL MARE
PER LASCIARE SVUOTARE
LA TUA MENTE, TRA
IL RUMORE DELLE
ONDE CHE SI
INFRANGONO NEGLI
SCOGLI.

TI AVREI DATO TUTTO

è la frase che parla di noi,
anche se noi siamo stati
bravi a parlare soprattutto
con le passeggiate al mare
quando tutto andava storto.

Scusa se non te l'ho detto mai
che quando guardo un film
io penso a noi.
Riesco a darti
una parte in ogni film,
come riuscirei a darti un ruolo
in ogni parte della mia vita.
Ti porterei a cena
con i miei amici
e al cinema il sabato sera.

Ti porterei in montagna
a vedere le stelle
e io giuro non distoglierei mai
lo sguardo da te.
Ti porterei a giocare a bowling,
tanto so che non sappiamo giocarci.
Ti porterei al mare
per lasciare svuotare la tua mente,
tra il rumore delle onde
che si infrangono
negli scogli.

CAPITOLO 5

Certi incontri ti migliorano non solo le giornate,
ma la vita intera. Tu me l'hai migliorata.

4 giugno 2018. Ore 5 del mattino.

Mi sveglio saltando giù dal letto e corro a prepararmi.

Scelgo un paio di jeans, li indosso ma non mi convincono. Devo assolutamente essere impeccabile, provo un paio di occhiali da sole che mi piacciono tanto, anche se tutto sommato oggi non mi sembrano poi così belli, però: "Che importa" penso, "l'importante è incontrarlo, lui è tutto quello che voglio".

Metto nel mio zainetto qualche panino che probabilmente non mangerò mai, perché quando sto con qualcuno ho vergogna di mangiare, ho la sensazione costante di fare schifo mentre metto in bocca del cibo. Non sono poi così brava a masticare davanti agli altri, da piccola ogni volta che ci provavo, a mangiare lentamente, finivo per strozzarmi e mia mamma doveva correre da me per aiutarmi.

Mi sono guardata allo specchio, ho il viso pieno di

impurità, scelgo di mettere su un po' di fondotinta, non mi trucco mai ma oggi devo, non posso mica spaventarlo il primo giorno che ci vediamo.

Sto per uscire di casa per andare a prendere l'autobus, ops... quasi dimenticavo il caricabatterie portatile, torno al volo a prenderlo e poi corro.

Salgo sul pullman, fanno l'appello.

Quando sento chiamare il mio nome urlo: «Ci sono!» e mi risiedo, il cuore inizia ad accelerare.

Qualcosa stava per stravolgermi la vita per sempre, ma volevo far finta che non stesse accadendo nulla fino all'arrivo.

Sosta in autogrill.

«Vuoi mangiare qualcosa?» mi chiedono.

"Col cavolo che mangio qualcosa, sapete quanto tempo ci ho messo stamattina per lavarmi i denti e farli diventare così bianchi e per far diventare la mia faccia così carina?" pensavo dentro di me.

«No, grazie» rispondo soltanto.

Finalmente il pullman riparte, ti invio un messaggio avvisandoti che arriverò tra meno di mezz'ora.

Mi rispondi: «Sono uscito di casa di nascosto perché i miei genitori volevano che stessi tutto il giorno a studiare, sto venendo da te».

Dopo dieci minuti, improvvisamente, mi arriva un altro messaggio: «Sono a metà strada, le gambe mi tremano come foglie… come sai ho questa maledetta ansia che mi fa bloccare ogni volta. Scusami, appena arrivi ti mando la mia posizione così mi raggiungi».

Dentro di me migliaia di pensieri iniziano a sconvolgermi la testa.

"Perché devo andare io da lui se mi perdo persino a casa mia?"

E ancora: "È lui il ragazzo, perché è più in ansia di me? Forse siamo entrambi delle frane a gestire i sentimenti e le emozioni".

Poi decido di zittire le voci nella mia testa, che non mi hanno mai portata da nessuna parte.

«Okay, aspettami» ti rispondo.

Ore 9, si arriva finalmente a Roma.

Scendo dal pullman e scappo via da tutti i miei compaesani, in teoria avrei dovuto stare con loro durante la gita ma ovviamente non ero lì per quello, avevo di meglio a cui pensare e a mia zia avevo già anticipato che la mia amica, conosciuta al mare quando era in vacanza, abitava vicino alla stazione.

Imposto la posizione che mi hai da poco inviato e mi avventuro con il cellulare in mano, nonostante il mio senso dell'orientamento pietoso, a cercarti per Roma.

Dopo un'ora di giri a vuoto decido di scriverti perché trovarti sembra un'impresa davvero troppo ardua per me, abituata ai paesini minuscoli della mia regione, a Roma non so davvero come muovermi.

Mi rispondi subito: «Dove sei? Ti sto aspettando!».

«Non lo so più, e tu?»

«Vicino alla fermata Cavour» mi scrivi.

Bene, avevo girato per sessanta minuti a vuoto, e tu eri a cinque fermate di metro da me.

Mi dirigo verso la stazione della metro, devo fare il biglietto ma non so come, non mi era mai capitato di dover fare questi diavolo di biglietti.

Vedo alcune persone in coda alle macchinette e mi metto in fila anche io. Prendo i biglietti in fretta, li timbro sotto gli occhi sospettosi dei militari che sorvegliano la stazione e attendo per qualche minuto la metro.

Eccola, finalmente arriva.

Ci sono più di venti fermate scritte sul cartellone, più di venti fermate e la mia, per fortuna, ha un nome chiaro: "Cavour".

Nel momento in cui devo scendere le porte si aprono dal lato opposto, ammetto di non aver capito molto di come funzionino le metro a Roma, cose così a casa non esistono nemmeno.

Decido allora di riscriverti: «Mi stai ancora aspettando?».

E tu rispondi: «Certo. Sono qui per te».

Apro nuovamente Google maps e geo localizzo la tua posizione.

Sono meno di 2 minuti a piedi.

L'ansia inizia a scorrermi nelle vene, e dentro di me tornano tutti quei demoni che si erano spenti per un po' di tempo.

Mi avvicino lentamente alla tua posizione, senza avvertirti di quanto ti sono vicina.

Volevo sorprenderti, ma non troppo: insomma, le sorprese sono belle soltanto se sono piacevoli, e non ero certa che sarebbe stato così.

Ma le mie foto le avevi viste, quindi non avresti dovuto rimanerci troppo male, no?

Ti vedo. "Mamma quanto è alto?!" penso.

Io e la mia bassezza non possiamo competere con te, faccio due passi indietro, quasi inciampo.

Ti invio un altro messaggio: «Non so dove mi trovo, aspettami ancora un po'».

Ti ho mentito, perché lo so bene dove mi trovo, ma l'autostima, invece, dove cavolo si trova? Nel mare? Sotto la sabbia?

È completamente sparita.

Alla fine penso "meglio rischiare di perderlo, che non averci provato affatto" e così mi avvicino a te.

«Piacere sono Nicole, anche se mi conosci già.»

«Io sono Marco, come stai?»

«Ho passato giorni migliori, per ora.»

Mi rendo conto di aver fatto una gaffe e allora aggiungo: «Ma ho la sensazione che il tempo che passerò con te ribalterà tutta la classifica».

«Come mai?» mi chiedi.

«Il cuore mi dice questo, che dici, facciamo una passeggiata?» ti propongo.

Ero tremendamente in ansia e io sono una di quelle ragazze che quando è in quell'odioso stato di stress deve camminare, camminare tanto per sopravvivere.

Camminare mi ha sempre aiutata, insieme alla musica e al mare, ad affrontare tutti quei problemi che, da sola, non sono mai riuscita a scavalcare.

Siamo partiti, non sapevo cosa fare, tu andavi a passo veloce, io ero una lumachina.

Siamo arrivati davanti alla Fontana di Trevi, Dio quanto era bella, volevo quasi chiederti di fare una foto insieme, ma temevo di osare troppo.

«Mi scatti una foto davanti alla fontana?» ti chiedo.

«La foto viene meglio se ci siamo tutti e due» mi rispondi.

Mica lo sapevo che una frase così, detta da te, mi avrebbe scombussolato tutto il mondo che avevo dentro.

Chiedo a una turista di farci una foto, ne volevo una,

ma anche due, forse trenta per essere sicura di avere una foto carina con te.

Subito dopo scorro la galleria, guardo le foto frettolosamente, sono sicura di essermi messa nei casini sapendo di venire sempre male.

Ma osservando le foto noto qualcosa di strano.

Mi piaccio.

Sto sorridendo e non faccio poi così schifo.

«Posso vederle?» mi chiedi.

«Poi te le invio su WhatsApp, tranquillo, le vedrai una volta che sarò ripartita» rispondo.

Le foto erano venute molto bene, mi piacevo davvero.

Forse perché con te diventavo bella anch'io, sorridevano gli occhi, il cuore e anche tutto il resto.

«Sei venuta male?» mi domandi.

«No, sei venuto male tu, ma non volevo dirtelo» ti dico, prendendoti un po' in giro.

Eh già.

Sono una testa dura, odio mostrare le mie insicurezze in pubblico e quindi tiro fuori tutto l'orgoglio che madre natura mi ha donato, ogni volta che qualcuno cerca di farmi uscire allo scoperto.

Improvvisamente sento che il tuo stomaco borbotta, davvero forte.

«Hai fame?» ti chiedo.

«Penso proprio di sì, tu?»

E io mica potevo dirtelo che mangiare davanti a qualcuno mi mette sempre vergogna e quindi avrei preferito digiunare fino al giorno dopo per non trovarmi in imbarazzo davanti a te.

«Un pochino» ti rispondo.

Abbiamo cominciato a camminare verso un ristorante che tu adoravi.

Avevo una fame da lupi, ma i lupi non hanno vergogna e invece io sì.

In fondo, forte come un lupo non lo sono stata mai, per capirlo bastava chiedermi come mi sentissi davvero.

Mi sentivo uno schifo, perché Roma era piena di ragazze bellissime, tutte ben vestite, magre, e poi c'ero io, che sotto sotto stavo male ma non volevo fartelo sapere.

Tu non dicevi nulla, non accennavi mezza parola nei confronti delle altre, ma io ho iniziato a pensare che erano tutte migliori di me e che in fondo lo sapevi anche tu.

Alla fine abbiamo optato per il Mac visto che il ristorante dove volevi andare tu quel giorno era chiuso. Abbiamo ordinato e io ho scelto il burger più semplice di tutti, per evitare di fare disastri mentre mangiavo.

«Quanto sei bella mentre mangi, sembri così piccola che tutte le insicurezze che hai mostrato fino a poco fa si sciolgono.»

Dovevano essere molto fragili le mie insicurezze, visto che si sono sciolte in un battibaleno grazie a te, e io mica lo sapevo che un "quanto sei bella" potesse farmi sentire bella davvero.

Non lo sapevo perché, in fondo, nessuno me lo aveva detto mai fino a quel giorno, ed è incredibile sentirselo dire, come la prima volta che vieni cullata dalle braccia della tua mamma.

Sei al sicuro e non vuoi andare via da lì.

Hai capito che quello è e sarà sempre il tuo porto sicuro, l'unico posto dove potrai tornare sempre quando viene meno il tuo stare bene.

Ma possibile che io mi sentissi "cullata" tra le braccia di una persona che avevo visto due volte soltanto?

Possibile che il mio cuore fosse così dannatamente predisposto ad amare?

Sì.

Decisamente sì.

Inevitabilmente sì.

E vorrei continuare a scrivere migliaia di avverbi per spiegare quanto il mio cuore stesse battendo forte, e che il tempo scorre veloce quando sei felice.

Abbiamo finito di pranzare e siamo andati in un parco un po' isolato.

Ci siamo seduti su una panchina, ma non troppo vicini, per evitare di toccarci.

"Non è bello toccare qualcuno che non sei sicura di poter rivedere" diceva una voce dentro di me.

Infatti non sapevo se ti avrei rivisto altre volte, perché bene come sono stata con te, non mi è capitato mai di stare.

«Che farai stasera quando tornerai a casa?» mi hai chiesto.

«Leggerò un libro.»

«Io ti penserò tutto il tempo, e sentirò la tua mancanza» mi hai detto, e io ero sorpresa da questa frase così bella pronunciata da una persona così timida.

«Sentirò la tua mancanza perché non ho molti amici, con i miei genitori non ho un bel rapporto, mi stanno troppo addosso.»

E poi hai continuato: «Ma tu, oggi, senza sapere nulla di tutto questo, mi hai fatto stare bene come mai prima d'ora, e devo dirti grazie».

Anche io avrei sentito la tua mancanza, ma non mi ero sentita di esprimertelo apertamente.

Perché ci tenevo già troppo, dovevo stare attenta a non attaccarmi così tanto a te.

«Tra poco dovrai riprendere il pullman, posso baciarti per la prima volta? Voglio che sia l'ultimo ricordo di te che avrò prima di rivederci.»

Come potevo dire di "no" davanti a una richiesta così bella?

Mi sembrava assurdo il tuo comportamento.

Eri così dannatamente bello che mi facevi incazzare.

Mi facevi incazzare perché sorridevi e mi dicevi cose belle e io non ero pronta a tutto questo, ma non m'importava.

«Certo che puoi baciarmi, ma non chiedermelo, fallo» ti rispondo.

Mi sono pentita un secondo dopo di quello che ho detto, perché quella dei due che non sapeva baciare ero io.

Ho chiuso gli occhi e sentito le tue labbra avvicinarsi sempre di più alle mie in quel pomeriggio stupendo a Roma.

Le tue labbra sfiorano le mie una prima volta, la seconda volta sento la tua lingua toccare appena la mia.

È stata un'emozione bellissima.

Bella come quando stai uscendo da scuola e sai che il pomeriggio incontrerai la tua anima gemella e quindi metti da parte tutti i problemi perché ci sarà lei.

Questo è l'amore.

Mettere da parte tutto per dedicarci a stare bene con noi stessi e riuscire a far stare bene chi ci sta accanto ogni giorno della nostra vita.

Amare ogni giorno della nostra vita come fosse il primo.

Io non sapevo baciare, non me l'hanno mai insegnato, eppure quella maledetta paura che mi scorreva nelle vene troppo spesso con te stava svanendo.

Stava lasciando spazio alla felicità.

Felicità è proprio questo, non saper fare qualcosa ma farla comunque, perché il sentimento che provi è così forte che non puoi sottrarti a due labbra che aspettano solo te per fiorire.

Non puoi sottrarti a qualcuno che ti stava aspettando da chissà quanto tempo, da prima di conoscerti, e anche tu stavi facendo lo stesso, ma non glielo hai mai detto che attendevi solo lui per stare bene e per imparare a sorridere davvero.

A un tratto ti sei staccato da me.

«Che succede?»

«Sto troppo bene» rispondi.

«E perché ti sei staccato allora?» ti domando timidamente.

«Perché se avessi continuato a starti incollato non mi sarei staccato più.»

«E tu vuoi staccarti?» ti chiedo cercando di nascondere l'ansia.

«Mai, ti voglio tenere attaccata, ho paura come quando stai sognando l'amore della tua vita ma il sogno sta per finire e non vuoi lasciarlo andare, io non voglio lasciarti andare più.»

Mi hai lasciato senza parole.

«Scusami per prima, non mi staccherò più. Lasciarti andare vorrebbe dire abbandonare una parte di me e, ora che mi sono ritrovato, non ci penso neanche un secondo a perdermi di nuovo.»

Come potevo dire qualcosa di intelligente dopo cose così belle? Mi sentivo impacciata.

«Dammi la mano» ti dico. «Prima di salire sulla metro e tornare al pullman, voglio fare una cosa che ho sempre sognato» ho continuato.

«Cosa?»

«Vieni con me e zitto.»

Ho afferrato la tua mano, tirato fuori dalla tasca il telefonino e impostato la posizione del Colosseo su Google Maps.

«Ti porto in un posto speciale» ti sussurro all'orecchio.

«Dove?»

«Fidati.»

Dopo qualche chilometro siamo arrivati di fronte al Colosseo che tanto desideravo vedere.

«Abbassati un po'.»

«Subito» rispondi.

«Chiudi gli occhi adesso, scemo.»

E ti ho baciato di fronte al Colosseo, era una di quelle scene da film che ho sempre immaginato, e che ora stavo vivendo io.

Ho posato le mie labbra sulle tue e avvicinato il mio cuore al tuo, attraverso il mio respiro. Improvvisamente tutta Roma è scomparsa nel calore dei nostri baci, nulla sembrava toccarci, nemmeno la pioggia che stava iniziando a cadere leggera.

Dopo qualche decina di secondi ti chiedo: «Ti è piaciuto?».

«Certo che mi è piaciuto, il bacio me lo hai dato tu» rispondi timidamente.

Ma poi è arrivato il momento di tornare al pullman. Siamo saliti sulla metro che porta a Tiburtina e, arrivati, abbiamo iniziato a correre.

Erano le 17.55 e il mio pullman sarebbe partito 5 minuti dopo.

«È quello?» mi domandi, indicandomi un autobus tutto verde.

«Oddio, sì è proprio quello! Non voglio lasciarti andare, è stato tutto così bello oggi.»

«Ci rivedremo piccola, te lo prometto.»

«Abbracciami scemo e sappi che ci conto» ti dico prima di sprofondare tra le tue braccia grandi come il mare.

Ho fatto una corsa verso il bus e tu sei rimasto lì a fissarmi, non potevi seguirmi perché mia zia pensava che fossi stata con un'amica e non doveva vederti, era andata troppo bene per rovinare tutto all'ultimo.

Salire sul pullman è stato il momento più brutto della mia vita e non lo dico per scherzo, insomma, non lo dico perché voglio esagerare.

Avevo incontrato l'amore e dovevo lasciarlo andare per poi rivederlo chissà quando, si può accettare una cosa del genere?

Dopo essere salita sul pullman, ho aperto Spotify e messo la playlist di Alessandra Amoroso, la prima canzone parla proprio di un amore a distanza.

E mi è salita su per la gola una nostalgia e un'amarezza mai provate prima.

Dentro di me sognavo già di rivederti, ma ti avevo appena lasciato andare. Dovevo abituarmi a disabituarmi alle tue braccia, per sopravvivere ai giorni senza di te.

Poco dopo ti ho inviato le foto che ci siamo fatti insieme a Roma, visto che avevi insistito tanto per averle.

«Sono bellissime, sei proprio bella in queste foto.»

«Grazie, quando sto con te mi sento bella anch'io.»

Ho pensato di vedere un episodio della mia serie tv preferita, ma alla fine ho aperto Facebook e la prima cosa che ho notato era la nostra foto in homepage, mi

sembrava diversa, era stata modificata, io non mi rico-
noscevo neppure e tu invece eri tremendamente bello
anche lì.

Perciò ho deciso di scriverti.

«Chi ti ha modificato la foto?»

«Mia cugina, non ti piace?»

«Sì sì, è bella.»

Ho messo un "mi piace" alla foto, ma in realtà non
mi piaceva affatto.

Se era così bella prima e soprattutto io ero così bella,
allora perché l'avevi fatta modificare?

Forse non ti piacevo poi così tanto.

Mi riempivi di complimenti soltanto per farmi sorridere, c'erano milioni di ragazze più carine di me, soprattutto a Roma.

Ma non ti avrei detto nulla di tutto questo.

Volevo cambiare ed essere come loro, perché tu meritavi di meglio.

Meritavi il meglio di me.

DA QUANDO NON
CI SEI, IO CI
PROVO AD ALZARMI
DAL LETTO, MA
NON È FACILE...
SAI?

TI AVREI DATO TUTTO

è la frase che parla di noi,
anche se noi siamo stati
bravi a parlare soprattutto
con i nostri sorrisi.

Di te mi manca il sorriso
che avevi a Roma, quel giorno.
Ho sempre avuto questo difetto
di essere un po' pessimista,
di aver paura di affrontare
le cose,
le persone,
le giornate.
Sembravano tutte storte,
ma il tuo sorriso mi faceva
passare tutto,

come l'acqua sul fuoco,
spegnevi ogni mia insicurezza
in una maniera così stupenda.

Da quando non ci sei,
io ci provo
ad alzarmi dal letto,
ma non è facile, sai?
Non è facile non accarezzare
il tuo viso e fingere
che possa andare tutto per il meglio,
anche se so che senza di te
meglio non può andare.
Semplicemente perché
il mio meglio sei tu.
Non posso sostituirti,
perché il mio cuore vuole
averti interamente,
non a frammenti.
Non voglio una copia,
non voglio qualcuno
che non sia tu,
io voglio te.
Voglio te che mi scrivi al mattino,
che pensi al mio viso timido
e mi mandi un

"buongiorno amore".
Il tuo "buongiorno amore",
giuro, era capace di aggiustare
ogni mia imperfezione.
Improvvisamente
mi dimenticavo di tutto
e, davanti a quelle onde,
si disperdevano i vuoti
e, sopra la sabbia,
splendevamo io e te.
Come due luci di Natale
destinate a stare
sempre incollate,
senza separarsi mai,
quando una delle due si fulminerà
e smetterà di splendere,
l'altra resterà a osservarla,
per sempre.
Come due foglie di un albero,
cadute a terra vicine,
per quanto il vento cerchi di
spostarle,
saranno sempre troppo vicine
e andranno sempre nella stessa
direzione,
a un passo l'una dall'altra,

perché in fondo è bellissimo
cadere per poi ritrovarsi accanto,
perdersi per poi ritrovarsi.
In fondo è bellissimo
allontanarsi per sbaglio
e ritrovarsi per scelta.
Ritrovarti per scelta.

Dicono che l'amore non
ti aggiusta poi così tanto,
che ti migliora
forse un po' la vita
quando sta andando una merda,
ma non ti completi affatto.
E invece si sbagliano.
L'amore ti salva la vita
pure quando sta andando
tutto bene e non hai
di che lamentarti.
L'amore ti salva la vita
anche quando non ne hai bisogno
e sta andando tutto
perfettamente,
però nessuno te l'ha detto
che oltre la perfezione
c'è molto di più.

Ci sono i baci sotto le coperte
e le notti in spiaggia ad aspettare l'alba,
nessuno te l'ha mai detto
che tutto questo aspetta solo te.
Ed è questo che fa l'amore,
ti fa apprezzare di più ogni cosa,
perché ogni cosa aspetta solo te
per essere apprezzata
e tu hai bisogno di qualcuno accanto
che ti permetta di farlo,
perché hai sempre avuto
mille difficoltà ad apprezzare
qualsiasi cosa,
ad apprezzare
persino te.

Non ami più i messaggi,
perché ti manca chi sa
farteli amare,
come quei "buongiorno amore" che
non ti aspettavi di ricevere mai
e puntualmente ti scombussolavano tutto.
Mi ricordo quando
davanti al Colosseo mi dicevi:
"sicura che resti?".
E certo che resto,

non chiedermelo nemmeno,
se proprio devi farlo,
chiedimelo una volta,
che sia una soltanto.

CAPITOLO 6

Bisognerebbe vivere una vita intera
a base di "Buongiorno amore" per sorridere sempre.

Era passato un mese dall'ultima volta che ci eravamo visti. Quella mattina mi sono svegliata come sempre, in un'ora indefinita tra le 9 e le 12, perché io, distratta come sono, mi dimentico sempre di controllare l'orologio. Era estate, era luglio, non c'era più scuola.

Sono scesa in cucina a fare colazione, ho preso cereali, latte e un po' di cacao e mescolato tutto in una tazza, ho sentito lo stomaco emettere strani suoni, forse era per la fame o forse era l'amore, chissà.

Nel dubbio, ho deciso di scriverti il buongiorno, perché non ti sentivo dalla "buonanotte" e la mancanza iniziava a farsi strada nel mio cuore.

«Buongiorno piccolo.»

Invio.

Non è passato neanche un minuto che ho ricevuto un messaggio da parte tua: «Buongiorno amore, posso chiederti una cosa?».

«Dimmi.»

L'ansia iniziava ad attraversare le vene e ogni cellula del mio corpo, che mi stava succedendo?

Non stavo forse imparando a gestire queste preoccupazioni?

A quel punto ho pensato proprio di no.

«Uno di questi giorni posso venire a trovarti a casa tua?» mi hai scritto.

Non sapevo cosa rispondere, davvero.

Ero senza parole, e non era neanche la prima volta, mi rendevo conto che con te mi capitava spesso di rimanere senza fiato.

La voglia di stare di nuovo insieme, dopo un mese, mi strepitava dentro, ma mia mamma non aveva idea di chi io fossi e di cosa fossimo noi due.

Non aveva idea che io a Roma ci ero andata solo per vedere te, e che non m'importava nulla di quella maledetta gita.

Per te ci sarei tornata altre mille volte a Roma, anche solo per poterti baciare di nuovo sotto il Colosseo.

Ma che ne sapeva mia mamma.

Non ne sapeva nulla.

«Ci penso su, piccolo» ho risposto.

Sono andata in camera, mi sono infilata sotto le lenzuola e ho iniziato a ragionare su cosa dire a mia mamma e a qualche mia amica che ancora s'interessava a me.

"Mamma, sto insieme a un ragazzo da mesi, lui vive a Roma e vorrebbe venirmi a trovare. Verrebbe a stare da noi per un po' di tempo" sarebbe stato il discorso ottimale da fare, ma cavoli com'era difficile da dire!

Avevo nascosto tutta la storia a mia mamma fin dall'inizio, la colpa era mia, ma anche sua.

Poteva anche chiedermi ogni tanto se sorridevo per caso o per un motivo preciso.

In fondo nessuno sorride se non c'è qualcuno che gli dia ragione di farlo.

E di certo io non ero un'eccezione alla regola, se prima non sorridevo mai e ora lo facevo sempre sarà stato per un motivo, e mia mamma avrebbe dovuto capirlo.

«Perché devi rifletterci?» mi hai scritto.

«Perché ho casini a casa...»

Quei puntini parlavano più di ogni altra cosa.

Dentro di me, pensieri assordanti rimbombavano come uragani.

"Voglio vederlo a tutti i costi" urlava una parte di me, la parte meno razionale e più romantica.

"Non puoi portarlo qui senza dire nulla a tua mamma!" esclamava l'altra parte.

E io, lo ammetto, sono una frana a prendere decisioni.

Erano le 13, mia mamma presto sarebbe stata a casa e io stavo preparando nella mia testa il discorso da farle.

In realtà non sapevo neanche come iniziare: "Mamma devo parlarti" rischiava di farla preoccupare, e "Cara mamma..." si usa solo nelle lettere, rischiava di sembrare strano.

Ma ecco che ho sentito suonare il campanello di casa. Non poteva essere che lei, così mi sono alzata e sono andata ad aprire la porta. Appena entrata, ha iniziato a lamentarsi di quanto tempo ci avevo messo per aprirle.

Che ne sapeva lei dei pensieri che mi tormentavano?

Non poteva neanche immaginare cosa mi passasse per la testa.

«Scusami mamma, devo dirti una cosa» ho rotto il ghiaccio.

«Tranquilla dai, dimmi tutto.»

«Vorrei invitare un mio amico a casa.»

«Per cena?» mi ha chiesto.

«No mamma, è un ragazzo che frequento da un po'. È bravo, educato, simpatico e vorrei si fermasse da noi per qualche giorno» le ho risposto tutto d'un fiato.

«E perché dovrebbe stare da noi?» mi ha chiesto perplessa ma con tono calmo.

«È di Roma!»

«E perché non me l'hai detto prima? Io non lo conosco ma se tu ti fidi va bene. Questo weekend sono via per lavoro quindi fai come vuoi.»

Sono corsa in camera.

Io di te mi fido. Ma prima non mi fidavo delle persone che non conoscevo. Se non avessi rischiato io non ti avrei mai scritto.

In fondo che colpa hanno le persone che non si conoscono?

Perché non dare loro l'occasione di farlo?

Da quando ho conosciuto te, il mio "estraneo" preferito, giuro, ne conoscerei altri centomila di "estranei". Perché altri, come te, che arrivano nella nostra vita per caso, possono stravolgerla e rendercela tremendamente bella, come il sole che viene fuori dopo la pioggia più fitta.

Ho preso il telefono e ti ho inviato un messaggio: «Mia mamma ha detto che puoi venire, stai facendo le valigie?».

Invio.

«No, ma adesso provvedo.»

«Veloce che ti voglio qui il prima possibile, anche domani.»

«Vengo domani?» mi hai scritto.

«Vieni domani.»

Sono una persona molto ansiosa e soltanto riducen-

do le lunghe attese riesco ad avere meno ansia, perché
così non ho il tempo di realizzare cosa stia succedendo
attorno a me.

Non avevo il tempo di realizzare che tu stavi arrivan-
do da me e chissà fin quando avrei potuto stringerti.

TE NE ACCORGEVI
SOLO TU
DI QUANDO, A TRATTI,

SCOMPARIVO IO.

TI AVREI DATO TUTTO

è la frase che parla di noi,
anche se noi siamo stati
bravi a parlare soprattutto
con i nostri sguardi.

Tu avevi paura della distanza
e io di essere rimpiazzata.
Ti ricordi a Roma?
Io ho preso il pullman,
tu hai preferito
un'altra strada,
ma poi ci siamo rincontrati
ugualmente.
Io ora non ti odio,
perché quello che siamo stati
e ora siamo,

lo devo a te.
Tu mi hai chiesto di dimenticarti
ma io non voglio farlo affatto,
perché non posso dimenticare
qualcuno che mi ha
cambiata in meglio,
perché quando nella mia vita
c'eri tu con me,
c'ero di più anch'io.

Da quando c'eri tu avevo
smesso di trascurare
momenti, persone, attimi
di spensieratezza
e iniziato ad apprezzare di più
ogni secondo con te,
avevo iniziato a vivere di più
ogni minuto di questa vita.
Ma da quando non ci sei più tu,
ho smesso di esserci un po' anch'io,
come la neve
che smette di cadere
per un inverno soltanto,
e tutti se ne accorgono,
ma a differenza della neve
nessuno l'ha notato

che io sorridevo,
eppure non c'ero più.
Perché a volte capita, nella vita,
di esserci ma allo stesso tempo
di non esserci affatto.

Te ne accorgevi solo tu
di quando, a tratti,
scomparivo io.
Spuntava ogni mattina
sul mio cellulare
quel bellissimo messaggio
che mi mandavi
senza farci troppo caso:
"buongiorno amore",
e io senza farci troppo caso
giuro che sorridevo.
Lo sai che dopo averti visto,
così bello,
davanti al Colosseo,
io non aspettavo altro
che tornare ancora da te,
tra le tue braccia morbide
e il tuo cuore caldo,
era impossibile non sciogliersi,
era impossibile non perdersi

dentro il mare dei tuoi occhi.
Erano il mio porto sicuro
durante le mareggiate
che avvenivano dentro di me,
e tu le conoscevi bene queste mareggiate,
perché te ne accorgevi subito
quando mi perdevo
nel mio mare di incertezze,
a volte non me ne accorgevo nemmeno io
di non esserci più,
ma tu avevi quella dote innata
di capirmi sempre,
anche quando
non mi capivo io,
perché in fondo capirmi
non è facile, lo so,
è quasi impossibile.

Mi ricordo di quelle nottate
passate su Instagram,
in cui vedevo una foto
che mi faceva ingelosire
e smettevo di parlare con te,
smettevo di parlarti,
e avrei dovuto iniziare
a parlare a me:

"cosa cazzo stai facendo?"
avrei dovuto dirmi
e invece
non me lo sono mai detta
e per questo
ho sempre accusato te,
quando avrei dovuto invece
accusare me.
Avrei dovuto accusare me
per la mia maledetta gelosia
che ha sempre
rovinato ogni cosa
e tu lo sai.
Avrei dovuto accusare me
per non aver fatto abbastanza
per te
e invece
ho accusato te che davvero
non c'entravi niente.
Scusami.

CAPITOLO 7

Il mare è un posto stupendo, se ci sei tu a condividere
il casino che fanno le onde con la mia testa.

Era notte fonda.

Non sapevo bene quante ore mancassero all'alba, ma non riuscivo proprio a dormire.

"Dai Nicole, dormi" dicevo a me stessa.

E col cavolo che ci riuscivo. I pensieri giravano dentro la mia testa e pesavano.

Non avevo idea di niente, come l'avrebbero presa tutti, e come mi sarei sentita io ad averti vicino.

Sì, va bene, forse il tempo passato da quel giorno a Roma non era poi così tanto, ma mi era sembrato infinito.

Mi scrivi un messaggio alle 3 di notte: «Sono appena salito sul pullman, alle 7 sono da te».

«Okay, alle 6.30 prendo il bus così sarò ad aspettarti alle 7.»

L'intenzione di dormire svanisce per sempre, come svaniscono le rose durante gli inverni freddi, e resta soltanto quella maledetta ansia, ansia da prestazione o ansia perenne?

Chissà. Sta di fatto che, quando si tratta di te, l'ansia non mi lascia stare un attimo.

Prendo un caffè. Tanto di dormire non se ne parla.

Inizio a truccarmi, applico il mascara e poi il fondotinta.

«Ma quanti brufoli ho?» mi chiedo da sola.

Troppi, troppissimi, sono usciti tutti oggi, vengono sempre quando ho un appuntamento importante.

La mia faccia in pochi minuti cambia colore, da bianca la vedo diventare marroncina, sembro quasi abbronzata, non male per essere il 13 luglio, mi dico sarcastica.

Forse se il mare non lo vedessi solo con il binocolo dalla mia cameretta potrei essere più abbronzata.

"E se lo portassi subito al mare?" penso dentro di me. Perché no?

Preparo la borsa per quest'avventura con te, con dentro il mio fedele caricabatterie portatile, il telo da spiaggia, la crema solare, gli occhiali da sole, anzi quelli no, li metto addosso per coprire le occhiaie e nel frattempo continuo a fare la borsa aggiungendo un libro da leggere, due panini per il pranzo e due bottigliette di acqua.

Finito!

Sono già le 6. Manca mezz'ora al pullman e un'ora all'incontro e io non sono psicologicamente pronta.

Ripeto dentro di me: "L'attesa del piacere è essa stessa il piacere".

Quindi mentre aspetto di vederti è come se fossi già con te.

Giunta alla stazione dei bus ti mando un messaggio: «Arrivi?».

«Arrivo.»

E io giuro, non me lo spiego come quei messaggi semplici e coincisi riescano a stravolgermi la vita in un secondo.

"Arrivo" penso sia una delle parole più belle che qualcuno possa scrivere a chi lo sta aspettando da tempo.

Vedo un pullman verde all'orizzonte, c'è scritto "Roma" sopra, quindi è sicuramente il tuo.

Scende il mio ragazzone altissimo, con il giubbotto di jeans aperto, i pantaloni corti e una t-shirt gialla.

Corro ad abbracciarti, come si abbracciano le cose che non lasceresti mai, neanche per sbaglio.

«Benvenuto a casa mia, amore» ti sussurro dolcemente.

«E tu bentornata nel mio cuore» mi rispondi con lo stesso tono.

«Oggi ti porto al mare.»

«Va bene amore, portami al mare, sicuramente il tuo è più bello del mio.»

Così saliamo sul pullman diretto ad Alba Adriatica, un piccolo paesino di mare, di questa regione sperduta che è l'Abruzzo.

«Posso metterti una mia cuffia così ascoltiamo la stessa musica?»

Ti dico di sì, così tiri fuori una cuffietta bianca e la infili nel mio orecchio.

«Cosa ascoltiamo?» ti chiedo.

«Qualche canzone romantica» rispondi, mettendo una canzone di Alessandra Amoroso, la mia cantante preferita in assoluto.

«Sei dimagrita dall'ultima volta che ci siamo visti» mi dici piano all'orecchio, togliendomi per un attimo le cuffiette della musica.

«No, ma scherzi?» faccio finta di nulla.

«È proprio così. Prima eri bellissima, ora anche lo sei, ma come mai stai dimagrendo?» mi chiedi.

«A volte non ho fame e quindi mi dimentico di mangiare» rispondo, poco convinta.

«Ah... capito.»

Mica lo sapevi che stavo perdendo chili per piacere a te, per essere la tua ragazza ideale, quella di cui non ti saresti stancato mai.

«Dimmi la verità, stai seguendo qualche dieta strana?»

«No, nessuna» rispondo io scocciata. «Non sto facendo nessuna dieta, ti ripeto.»

«Okay scusami, non volevo contraddirti, mi stavo solo preoccupando per te.»

Forse non lo merito uno come te, che si preoccupa per me, ma tu lo fai con questa naturalezza che mi spiazza ogni volta.

Sono le 12 e siamo appena arrivati sul lungomare.

«Facciamo una passeggiata?» ti chiedo.

«Certo, dammi la mano» afferri la mia piccola mano nascosta dietro il fianco.

Da qualche settimana amo camminare velocemente, forse mi piace perché riesco a sfogare tutti i miei pensieri o probabilmente lo faccio solo per continuare a perdere peso.

"Camminare mi rilassa e io sto bene con me stessa, non devo perdere altri chili, sono già normopeso" ripeto dentro di me.

«Ho fame, mangiamo qualcosa?» mi chiedi dopo un po'.

«Ho portato dei panini, ne vuoi uno?»

«Certo, facciamoci un panino e poi andiamo a pranzo al ristorante» rispondi.

"Io mi accetto, no?" mi dico. "Mi piaccio così, quindi perché non dovrei fare un pranzo al ristorante?" continuo a chiedermi.

Eppure qualcosa non sta funzionando questa volta.

«Io non ho fame in realtà, se vuoi puoi mangiare entrambi i panini, questa mattina ho mangiato tre cornetti a colazione!»

«Wow, eri affamata!» rispondi, «allora li mangio io, sediamoci qui sulla sabbia però.»

Tiro fuori il telo dalla borsa e ci stendiamo sulla spiaggia.

«Eri diversa a Roma, sai Nicole? Mi sembravi meno impostata e più naturale» mi dici in maniera diretta e senza troppi giri di parole.

«Ti sbagli, sono sempre la stessa, forse oggi mi vedi diversa perché amo il mare e mi mette di buonumore.»

«Forse hai ragione, ma i tuoi occhi non sorridono poi tanto» dici serio.

«Mangia scemo, che ti stai sbagliando, è perché fai ragionamenti a stomaco vuoto!» replico ridendo nervosamente.

Finito di mangiare, mi viene l'idea di andare a fare una bella camminata al porto.

Mentre passeggiamo noto i tuoi capelli biondi scompigliarsi per il forte vento, sono davvero stupendi.

«Raccontami di tua mamma, si è arrabbiata quando le hai detto che sarei venuto a trovarti?» mi chiedi.

«No, in realtà non ha detto granché.»

«E tuo padre?»

«Mio padre non lo sa, non lo vedo molto, è già tanto se sono riuscita a chiederlo a mia madre» rispondo.

In fondo lo so perché mi sono affezionata tanto a te, non avevo mai avuto qualcuno che si preoccupasse per me così.

Non ho mai avuto qualcuno che mi aspettava a casa o mi cucinava il pranzo, dovevo fare sempre tutto da sola e finalmente, dopo tutti questi anni, qualcuno stava cambiando le cose.

Per la prima volta ero io la protagonista di una favola a lieto fine.

«Ti capita mai di sentirti sola?» mi chiedi.

«Sempre.»

«E cosa fai quando ti senti così?»

«Ascolto la musica» dico schietta.

«E ti fa sognare la musica?»

«Mi aiuta a non pensare a tutte le cose che non vanno nella mia vita e mi basta questo» rispondo.

Nel frattempo passa di fianco a noi una ragazza bionda, esile, su una bicicletta.

"Che bella" penso dentro di me, nascondendo tutta la mia gelosia nei tuoi confronti e tutta l'invidia per quella ragazza.

«Che bello il porto» aggiungo invece.

«Quale porto?» chiedi timidamente.

«Quello che abbiamo davanti, scemo.»

«Ah, io stavo guardando te, scusami, non riesco a guardare due cose belle contemporaneamente» rispondi facendomi diventare tutta rossa.

«Camminiamo ancora un po'?» propongo io.

«Ma ci siamo appena seduti!»

«Ho voglia di passeggiare, non so, il lungomare mi tranquillizza» ti rispondo mentre mi alzo e ti prendo per mano.

Non te lo avevo mica detto che da qualche tempo, vedendo i tuoi like alle foto delle ragazze più magre di me, avevo preso questa strana abitudine di camminare continuamente.

"Camminare è utile per perdere peso e per evitare di restare seduta a perderti nei suoi occhi" ripetevo dentro di me.

«Ma tu non ti stanchi mai?» mi chiedi.

«E di fare cosa?» ribatto io.

«Di stare con me, amore! Sono noioso, tu hai mille idee: il porto, il mare, i panini, le passeggiate, io non propongo mai nulla.»

«A me basti tu per essere felice, non serve mica un posto, il mio posto sei tu» rispondo, con la mia vena romantica che ogni volta che viene fuori mi spiazza.

«Mi fai innamorare se mi dici queste cose» ribatti.

«Ah, ma non sei già innamorato?» ti chiedo.

«Sì, ma così mi innamoro ancora di più. In fondo non c'è un limite all'amore, non c'è un giorno in cui questo sentimento che provo per te non aumenti e allora mi dico che ho già raggiunto il tetto massimo, che amarti più di così non sia possibile, eppure...»

Hai proprio ragione, Marco, non ci si innamora in una volta e basta, questo sentimento si rafforza ogni giorno, come l'amore per il mare, per la natura, per le cose belle.

«Sono le 18, ci conviene andare verso il pullman.»

«Ma dobbiamo camminare ancora tanto?» mi chiedi.

«Un po' amore, vorrei andare all'ultima fermata perché ci sono delle persone che conosco e che ti vorrei presentare» rispondo, senza farti capire che in realtà stiamo andando alla fermata più lontana di tutte.

Quando arriviamo, però, siamo gli unici in attesa. E tu forse incominci a capire, perché subito mi chiedi: «Ma non avevi detto che volevi incontrare qualcuno a questa fermata?».

«Sì, ma a quanto pare non ci siamo incrociati» rispondo io.

Hai capito qualcosa, ne sono sicura, a distanza non avevi potuto notare questi miei cambiamenti. Ma ora sì.

A casa da sola andava tutto bene, ora che sei qui non posso più nascondermi.

Vedo il pullman arrivare e mi rassicura l'idea di poter ascoltare musica durante tutto il viaggio per farmi venire qualche idea per cancellare ogni sospetto dalla tua mente.

Tornano le nostre canzoni romantiche. Tu non spiccichi mezza parola e io non oso rovinare questo momento.

"Chissà che sta pensando" ripeto dentro di me.

È ora di cena e siamo a casa mia.

«Hai fame?» ti chiedo.

«Da morire… prendiamo le pizze, così non cuciniamo?» proponi.

«Non ho molta fame io, se vuoi posso ordinarla per te amore.»

«Allora non ho fame neanche io» rispondi, rigidamente, per la prima volta.

Qualcosa non sta funzionando e forse non funzionerà mai più.

Non so bene se tu hai capito tutto o soltanto qualcosa, ma quel "poco" o "tutto" ti è bastato per iniziare ad avercela un po' con me.

«Perché mi rispondi così?» ti chiedo.

«Te l'ho già detto. Perché non eri così a Roma e non so cosa ti stia succedendo» mi dici tu.

«Ma cosa vuoi che stia succedendo? Ti sembro una

di quelle ragazze magrissime che vedi sfilare? Insomma, guardami: ho i miei chili, ho il mio peso e sono tutt'altro che magra, bella, esile. Non riusciresti neanche a prendermi in braccio tu, magro come sei» ti rispondo di getto. E continuo: «Se non mangio per un giorno, non mi succederà nulla, lo capisci? Non ho fame. Ma se tu vuoi una pizza prendila, tu devi mangiare».

«Mi è passata la fame, e comunque il punto non è che non mangi per un giorno. Se devo vedere la mia ragazza perdere peso, ammalarsi e soffrire, io preferisco tornare a Roma.»

«Se torni a Roma vuol dire che non ci tieni a me e non hai capito nulla, a te la scelta» ti rispondo con durezza.

IN QUEI

"NON MI MANCHI"

C'ERA TUTTA LA

MIA SOFFERENZA

TI AVREI DATO TUTTO

è la frase che parla di noi,
anche se noi siamo stati
bravi a parlare soprattutto
con i 313 km sconfitti
ogni volta che la mancanza
si faceva insopportabile.

Mi ricordo la mia vita,
prima di conoscerti,
e tutto sommato
non posso lamentarmi troppo.
Era una vita normale,
come tante altre.
Il problema è che la mia vita
è cambiata del tutto,
da quando sei arrivato tu,

con le tue giornate strane
e le tue lune storte,
con i tuoi scleri improvvisi
e le parolacce che
nelle litigate ci siamo
dedicati a vicenda.

Avevi trovato il modo di
rendermela viva questa vita,
come mai era stata prima.
Con te
avevo scoperto cosa vuol dire
"essere felice per davvero"
e, quando trovi la felicità,
non sei disposta a barattarla
con nient'altro
e neanche
ad accettare di perderla.
La mia felicità eri tu,
nonostante i tuoi mille difetti,
mi hai stravolto la vita
e me l'hai resa
terribilmente bella,
proprio come te.
Tu sei tremendamente bello.
Vorrei dirti che tante cose

non te le ho dette mai.
In quei "non mi manchi"
c'era tutta la mia sofferenza.
In quegli "sto bene"
c'era tutta la mia arte di mentire,
imparata con anni e anni
di spietata solitudine.
In quei "come vuoi"
c'era tutta la mia voglia di riscatto,
che non era uscita
per paura di ferirti,
ma alla fine
mi hai ferita tu.

Ma non so se sono ancora pronta
a raccontare come
sia così bello
rivivere ogni attimo di gioia,
e poi
ogni attimo di tristezza.
Perché quando penso a te,
a tratti sorrido
e a tratti sto male
e tu che stai leggendo
sono sicura proverai le stesse cose
e capirai quanto questa storia

sia stata maledettamente bella
ma mi abbia fatto anche
terribilmente male.
Come la carezza di un bimbo
che improvvisamente
diventa un graffio
e tu non te lo aspettavi,
e lo perdoni.
E io, in fondo,
ti ho sempre perdonato,
perché per tutto il resto del tempo
mi hai fatto sorridere il cuore.
Mi hai fatto sorridere
perché in mezzo al casino
del mio mondo tu
avevi trovato un posticino
per farti spazio.

In realtà
non avevi detto
niente di sorprendente,
avevi detto solo "ciao"
ma per me da quel "ciao"
è cambiato tutto,
tu
mi hai cambiato tutto.

CAPITOLO 8

*Certe mancanze, le tieni talmente dentro
che ti divorano un po' ogni giorno.*

Dopo che sei tornato a Roma non mi hai più risposto per un mese intero.

Mi hai lasciata sospesa con un "Ti stai uccidendo", ma io non capivo bene a cosa ti stessi riferendo.

Mi alzo, vado a fare colazione, ora la mia colazione è diventata un caffè senza zucchero.

Mi preparo per andare a fare una delle mie solite passeggiate.

Mi guardo allo specchio e vedo il mio volto spento, decido di mettere un po' di trucco, un po' di fondotinta qua e là, mi vedo bella.

Faccio una camminata di 8 chilometri con le nostre canzoni in sottofondo e decido di scriverti un messaggio: «Torni?».

Visualizzi dopo qualche ora, ma non rispondi subito.

Per pranzo mi preparo un bel piatto di insalata, appoggio il telefono con la chat aperta accanto al bicchiere e penso a cosa scrivere o a cosa non scrivere.

Non vorrei che lo schermo del tuo cellulare si illuminasse per un mio messaggio che non sei interessato a ricevere.

Poi rompi il silenzio: «Tu, torni?».

Non mi aspettavo una risposta così presto, ma sinceramente ci speravo, dopo un mese di silenzio, mi mancavi come l'aria.

Ma che dico come l'aria.

Senza aria si può sopravvivere anche qualche minuto.

Per spiegare quanto tu mi mancassi dovrei inventare qualcosa senza la quale non si può sopravvivere nemmeno un secondo.

Forse questo qualcosa ha il tuo nome.

Altro che come l'aria, TU mi sei mancato come Marco.

Sì, Marco è la cosa al mondo di cui davvero non si può fare a meno: se qualcosa ti piace come Marco o ti manca come lui, vuol dire che non esiste nulla che ti possa piacere di più, o che ti possa mancare di più.

«In che senso dovrei tornare?» ti chiedo.

«Torni a essere la ragazza spensierata di Roma?»

«Ma io sono sempre la stessa» insisto, negando l'evidenza.

«Okay, ci sentiamo Nicole» concludi.

Quel "ci sentiamo" mi sembra tanto un "mi manchi, ma non te lo posso dire."

Perché sono sicura di mancarti ma so che non me lo dici e non me lo dirai più.

Sei un testone, o forse ci tieni troppo.

Ci tieni talmente tanto da mettere da parte i tuoi sentimenti per me, che sono la prima ragazza della tua vita, lo fai per il mio bene, perché speri possa ricominciare a vivere.

«Io voglio sentirti ora» ti scrivo.

«Io non posso accettare di vedere la mia ragazza ammalarsi e restare a guardare, senza fare nulla. O reagisci tu oppure lo faccio io per te. Insieme possiamo farcela, ma soltanto se tu ammetti di avere un problema con il tuo corpo e con il cibo, e ti decidi anche ad accettare il mio aiuto. Se non accetti il mio aiuto, io per te non posso fare nulla.»

Leggo velocemente e rispondo d'istinto: «Io non ho nessun problema, sei tu che vedi solo difetti in me».

Invio.

«Okay… a presto Nicole.»

Questo è l'ultimo messaggio ricevuto da te, al quale non ho avuto il coraggio di rispondere in nessun modo.

Perché tutto ciò che hai intuito su di me, e per cui stai lottando, è terribilmente vero.

Mi sto ammalando e i miei genitori non ne sanno niente, perché non mi guardano davvero e tu eri l'unica persona che avevo accanto, nonostante i 313 km che ci separano, tu eri l'unico che si preoccupava davvero per me.

Vorrei tornare a sentirti tutti i giorni, ma non so come fare, non ho idea di come uscire da questo tunnel.

Forse la distanza non fa per noi, in fondo non tutte le storie sono fatte per essere vissute così.

Non tutti gli sguardi sono fatti per non essere vicini.

Non tutte le braccia sono fatte per non toccarsi.

"Tornerai" penso dentro di me.

Ma finché non lo farai io non scriverò più di te, non parlerò più di noi.

Giuro, non parlerò più di quanto siamo stati bene insieme e di quanto sia stato stupendo vedere il Colosseo insieme.

Non ripeterò più dentro di me che quel "non mi disturbi affatto" mi ha migliorato la vita, anzi me l'ha cambiata per sempre.

Se ti importa di me, farai qualcosa tu, io sarò qui ad aspettarti ancora un po'.

Ti aspetterò ancora un po', perché ciò che abbiamo costruito è troppo bello per essere distrutto in fretta.

Certe volte esisto solo io e i miei pensieri, e non c'è spazio per nessun altro.

Vorrei non farci caso, fermare la testa, ma non ci riesco.

Ho troppe cose dentro per lasciar entrare un po' di pace.

SEI LA PARTE DI ME
DI CUI NON MI
VERGOGNERÒ _MAI_, TRA
TUTTE LE COSE DI
CUI MI SONO
SEMPRE
        PENTITA.

TI AVREI DATO TUTTO

è la frase che parla di noi,
anche se noi siamo stati
bravi a parlare soprattutto
con le canzoni che ci siamo
dedicati a vicenda, quando tutto
stava andando nel verso giusto per noi.

Ti giuro, io non lo immaginavo.
Non lo immaginavo che averti
vicino a me sarebbe stato
come togliere la parte
che meno mi piaceva
di me.
Quella parte,
un po' stupida, a tratti infantile.
Sono diventata grande di colpo,

grazie a te.
Ed è grazie a te che ho provato
le cose migliori.
Ho provato il gelato al cioccolato
e la musica
senza bisogno delle cuffie.
Ho provato le patatine con il ketchup
e la sensazione di voler sorridere
a tutte le ore.
Ho provato, infine,
la cosa più bella di tutte.
Quella che tutti vorrebbero provare,
almeno per una volta,
giusto per dire "ne è valsa la pena".
Ho provato a sentirmi a "Casa"
tra le tue braccia calde
e il tuo sorriso un po' sghembo,
ma che a me
piace tanto.
Ho provato a sentirmi a "Casa"
ogni volta che le tue felpe giganti
mi accoglievano nel tuo spazio.
Per me, che mi sentivo in imbarazzo
a indossare le mie felpe,
mi sembrava strano
che invece nelle tue,

giuro,
ci stavo benissimo.

Hai presente quando sei al mare
d'inverno e fa proprio freddo?
Poi spunta quel raggio di sole
che riscalda tutto
e forse nemmeno lo sa
che riscalda anche te,
davvero.
E io ho te.
Che sei il mio raggio di sole
e manco lo sai che mi riscaldi
tutto il cuore.
Manco lo sai
che sei la parte di me
di cui non mi vergognerò mai.
Tra tutte le cose di cui mi sono sempre pentita,
di te non mi pentirò mai
perché averti avuto
anche solo per un istante
ha fatto scomparire in me
la paura costante
di non trovare qualcuno
che mi aggiustasse almeno un po'
e tu mi hai aggiustata

proprio tutta.
Io, che pensavo di essere
ormai una macchina d'epoca
da rottamare, perché
non riesce a provare più niente,
grazie a te ho provato tutto,
ma tutto per davvero.
Ho provato l'amore vero,
quello sincero,
che ti toglie il fiato
e pure le preoccupazioni.
E poi chissà dov'è andato.

CAPITOLO 9

Molti dicono che essere sensibili sia un difetto,
per me è un pregio, sempre.

Nicole è la persona più sensibile che io conosca, ma lei non lo sa.

Non lo sa che dietro ai suoi "non me ne frega se sono sola" c'è un mondo di paranoie e tristezza che la assalgono ogni giorno.

Lei cerca di distrarsi, di camminare, di concentrarsi sul cibo, ma la verità è che merita soltanto qualcuno che le stia accanto e che la faccia stare bene ogni giorno.

Quel qualcuno vorrei essere io.

Vorrei essere io ad asciugare le sue lacrime, vorrei averlo fatto durante tutte le notti passate senza stare insieme e vorrei essere io a farle spuntare i sorrisi migliori.

E se fossi stato proprio io a farle nascere questi complessi?

È già passato quasi un mese dall'ultima volta che l'ho sentita. Apro Facebook e vado sul suo profilo per controllare le sue vecchie foto.

Wow, è sempre stata perfetta, eppure da quando ha conosciuto me ha perso un po' se stessa.

Vorrei farle capire che a me basta lei, così com'è, senza alcun cambiamento, senza quei chili di meno.

Anzi. Basta "vorrei", io "voglio".

Senza pensarci due volte decido di andare da lei.

È stato un mese di alti e bassi, in realtà sono stati più i bassi che gli alti, ma questo non cambia quello che c'è tra noi, perché lei mi ama e io sono pazzo di lei.

Sono pazzo di lei dalla prima volta che mi ha scritto quel: «Ciao, posso disturbarti?».

Lei pensava di disturbarmi e invece io la stavo proprio aspettando, come si aspettano le estati dopo gli inverni freddi e gli autunni dopo le estati più lunghe.

Io la stavo aspettando e lei non lo sapeva, lei mi stava aspettando e io non lo sapevo.

Ci stavamo aspettando e anche questa distanza maledetta aspettava solo di essere abbattuta.

E l'abbiamo fatto, più volte, insieme.

Abbiamo sconfitto questi chilomentri di distanza più volte, e ora è il momento di farlo ancora.

Quando l'ho vista per la prima volta, ho giurato di non lasciarla lottare da sola contro niente e nessuno mai.

Sono stato un codardo ad allontanarmi da lei e ora voglio fare un ultimo tentativo.

Forse sarà inutile o forse sarà il più utile di tutti.

Ma giuro che oggi vado da lei e la faccio sorridere.

Voglio far sorridere tutto in lei, anche i suoi capelli castano scuro, quelle sue lentiggini che tende a nascondere sempre, e quegli occhi verdi che mi fanno impazzire.

Compro il biglietto, mi vesto velocemente e decido di andare alla stazione con un po' di anticipo. Più tardi avviserò i miei.

Ho solo una borsa con dentro un cornetto di quelli confezionati, una bottiglietta d'acqua e qualche euro nel portafogli.

Salgo sul pullman e la prima cosa che noto è il posto vuoto di fianco a me.

Noto che non c'è nessuno con cui dividere le cuffiette, non c'è nessuno che tocchi le mie gambe quando il bus attraversa le gallerie al buio che fanno un po' paura.

Non ho nessuno che si addormenti sulla mia spalla ed è questa che io chiamo mancanza.

Mi manca, e sono stato uno stronzo a non esserci stato sempre per lei, ma non so più cosa fare per farle cambiare idea, per farla ricominciare a vivere.

Dopo aver preso la coincidenza, arrivo davanti casa sua, è proprio ora di pranzo.

Suono il citofono: «C'è Nicole?».

«Sono io, chi è?»

«Sono Marco, sono qui per te. L'ultima volta che ci siamo visti mi sono portato via dei tuoi sorrisi e vorrei donarteli di nuovo.»

«Non mi aspettavo di vederti, entra.» Appena mi vede la prima cosa che mi chiede è "Hai fatto colazione?" e mi stupisco anche se credo che lo faccia per nascondere l'ansia di avermi trovato improvvisamente davanti casa sua.

«Buongiorno così» le dico.

«Perché mi chiami di nuovo così?» risponde lei.

«Perché vorrei tornare a dedicarti il mio "buongiorno amore" da adesso in poi» rispondo io.

«Buongiorno anche a te, amore, posso chiamarti ancora così?» mi chiede.

«Certo, devi chiamarmi così. Ci siamo allontanati solo perché tu ti stavi allontanando da te stessa e neanche lo sapevi. Spero sia cambiato qualcosa» rispondo io.

«Sì, sono migliorata, sono tornata quella di Roma, quella della prima volta. Quella che divorava hamburger davanti a te senza problemi, con l'unica paura di rovesciarsi tutte le salse delle patatine addosso, come i bambini piccoli.»

«Per fortuna...» le dico e poi la bacio. Quanto mi mancavano le sue labbra, stringerla forte.

Andiamo in cucina dove il tavolo è apparecchiato per la colazione. Mi siedo e Nicole si siede sulle mie gambe. Quanto è leggera... «Tieni, ti ho portato un cornetto, in realtà dovevo mangiarlo durante il viaggio, ma ora vorrei dividerlo con te.»

«Certo amore.»

Divide il cornetto e inizia a mangiarlo e io, giuro, non ci speravo poi così tanto, forse sta davvero cambiando qualcosa e io sono troppo felice per lei, la mia ragazza sta tornando quella di sempre e io la amo ancora di più. Le prendo la testa tra le mani e le nostre labbra si ritrovano. È il nostro bacio più bello. Mi dice che è a casa da sola, e io le chiedo di andare a riposarci un po' sul divano.

Lei accende una candela e poi inizia a raccontarmi cosa ha fatto in questo mese senza di me.

Dio quanto è bella.

Oggi indossa dei vestiti colorati molto larghi, non so se sia un pigiama o una tuta da casa, non è truccata, ma è tremendamente bella.

Sta sorridendo, e a me basta questo.

Immagino non abbia sorriso molto spesso da quando ci siamo allontanati.

«Lo sai che sei bella?» le dico, mentre sta iniziando una conversazione fitta sulle serie tv e film che le piacciono tanto.

«No amore, non lo sono. Tu lo sei. Dove lo trovo un altro che si fa 313 chilometri per venire da me?» mi dice mentre si stringe ancora di più a me.

«Io ne avrei fatti anche 1700 di chilometri per vederti, per vederti sorridere ancora. Giuro, se potessi mi trasferirei qui per osservarti sorridere ogni giorno, meriti solo cose belle tu.»

La vedo arrossire, ma non dice nulla.

«Scemo, ti va di andare in camera mia e ascoltare un po' di musica?» propone.

«Ma io stavo già ascoltando te, non sei musica anche tu? Tu sei musica e anche poesia.»

La vedo arrossire ancora, poi mi prende per mano e mi lascio guidare in camera sua dove ci sdraiamo abbracciati a fissare il soffitto con la musica di sottofondo.

Mi piace sapere di potermi girare e vedere lei, poi guardare in alto, distogliere per un attimo lo sguardo dal mio sole, e poi voltarmi di nuovo ed emozionarmi come la prima volta che l'ho vista accanto a me.

Guardare il soffitto è bello, se hai di fianco la persona che rende il tuo mondo magnifico.

Ho deciso che ogni volta che non sapremo cosa fare insieme, risponderò "Guardiamo il soffitto e poi mettiamoci a guardare te". È bellissimo.

«Mi sei mancata proprio tanto» le dico, all'orecchio. «Ero vuoto senza di te, ho passato pomeriggi interi chiuso nella mia camera a pensare costantemente alle tue lentiggini che amo così tanto, e che tu insisti a nascondere, a pensare a te da sola in questa casa, troppo grande e troppo fredda.» Piano piano la sento che si sta addormentando, ha un braccio sul cuscino, uno sul mio cuore e la testa girata verso di me.

Io vorrei dormire, sono molto stanco per il viaggio, ma decido di guardarla ancora un po'. Lei non lo sa quanto è bella mentre dorme. La mia guerriera.

Ora dorme qui di fianco e io ho il dovere di proteggerla.

"Cerca di non addormentarti" penso.

«Ti svegli amore? Mi manchi» mi sussurra una voce all'orecchio.

Alla fine sono crollato. Apro gli occhi e la vedo, più sorridente che mai.

Andiamo in cucina, lei ha fame e io non vedo l'ora di vederla mangiare. È così spendida mentre mangia, fa un morso, poi ride, poi torna di nuovo a mordere il suo panino, un po' si sporca di briciole e poi ricomincia a ridere.

«Cosa cuciniamo, amore?» le chiedo.

«Faccio i sofficini» mi dice mentre versa l'olio nella pentola e li butta dentro.

«Torniamo sul divano? Mi manca stare tra le tue braccia.» Ci spostiamo e lei propone di guardare una serie tv.

Io continuo a guardare lei.

Guardare lei non è mica una cosa da poco, è bella davvero.

«Scegliamo la serie tv?» mi sussurra all'orecchio un po' imbronciata.

«Amore, sento puzza di bruciato.»

Corriamo ai fornelli e vediamo i nostri sofficini diventati neri come il carbone.

«Avevi detto che non si bruciavano mai!» fingo di rimproverarla.

«Con la maionese saranno buoni ugualmente» suggerisce ridendo.

«Va bene, ma dovremmo metterne tanta tanta...»

Vedo per un attimo il suo viso cambiare colore. "Cosa ho detto di male?" penso. Forse qualcosa l'ha preoccupata.

Prepariamo i piatti e lei mette la maionese su tutti i sofficini, sembra che la preoccupazione di prima sia svanita, o quasi.

Finito di mangiare torniamo sul divano.

«Cosa guardiamo amore?»

«Una serie tv romantica.»

«Perché non guardiamo un film, io non arrivo mai alla fine di una serie tv...»

Alla fine scegliamo un film comico, mentre siamo sul divano torna sua mamma dal lavoro, la saluta senza neanche entrare in sala e va subito in camera sua. Per me è un po' strano ma Nicole sembra tranquilla e mi propone di trasferirci in camera.

«È bello» dice.

«Cosa?»

«Stare vicino a te.»

«Anche per me è stupendo.»

«Stare vicino a te mi fa sentire anche più vicina a me stessa, perché quando sto con te mi amo un po' di più.»

La mamma di Nicole sta litigando al telefono con qualcuno, avvertiamo le urla, ma decidiamo di ignorarle.

Penso debba essere difficile per lei sentire sua mamma sempre di cattivo umore.

La madre ancora non mi conosce, e forse non conosce nemmeno Nicole fino in fondo.

Ci mettiamo sul letto, con la nostra musica in sottofondo, e mentre la bacio le sussurro: «Stai sorridendo».

«Lo so.»

«Stai sorridendo davvero, con gli occhi intendo.»

Poche volte avevo avuto l'onore di vedere i suoi occhi sorridere, questa volta li osservo anche chiudersi lentamente, e in poco tempo ci addormentiamo.

È notte fonda, mi sveglio e lei non c'è di fianco a me.

Non capisco dove sia, accendo la torcia del mio cellulare e la punto in giro per la stanza. Ma non la vedo.

Arrivano degli strani rumori dal bagno, mi avvicino alla porta e sento dei gemiti e un rubinetto aperto.

Capisco subito che si tratta di Nicole e dopo qualche secondo capisco cosa sta facendo lì dentro.

Sta cercando di vomitare la nostra cena e forse anche il cornetto che ha mangiato per pranzo.

Non è guarita.

Mi ha solo illuso.

A VOLTE,
IL PROBLEMA NON È
CHI ABBIAMO
ACCANTO
MA CHI NON
ABBIAMO

TI AVREI DATO TUTTO

è la frase che parla di noi,
anche se noi siamo stati
bravi a parlare soprattutto
con i "mi manchi" che non
ci siamo mai detti,
ma che entrambi provavamo spesso.

Volevi salvarmi
dall'inferno
che stava nascendo dentro di me
e io non avevo idea
di tutto questo.
Non avevo idea che
i miei sorrisi accesi da lì a poco
sarebbero diventati
dei sorrisi spenti

e col passare del tempo
avrebbero semplicemente
smesso di esistere,
come smettono di accadere
tante cose nel mondo,
avrei smesso di "accadere io"
come d'un tratto
smette di piovere,
dopo aver piovuto troppo,
avrei smesso di "splendere io".
Ma io mica lo sapevo,
che oltre a perdere me,
avrei perso anche te, o forse,
eri tu che stavi perdendo me,
la colpa non era tua
e neanche mia,
la colpa era di qualcosa
che tenevo dentro e,
giuro,
non riuscivo a tirar fuori,
per quanto io mi impegnassi
non stava andando bene
per niente.

A volte il problema
non è chi abbiamo accanto

ma chi non abbiamo,
sai che ti frega
di ricevere duemila messaggi
se poi non ricevi
proprio l'unico
che vorresti ricevere?
Sai che ti frega
se puoi avere
tante carezze
ma poi non ti tocca
l'unica mano
che vorresti
sfiorasse il tuo
volto?
Non ti accontenti degli altri
se ti manca lui,
e come darti torto,
non puoi accontentarti,
non pensarlo
neanche un attimo,
tu non puoi dimenticare
se il tuo cuore ha già scelto per te
chi vuole avere
accanto,
e lo sai, al cuor non si comanda,
lo dicevano anche le fiabe,

e mica si sbagliavano,
non si sbagliavano affatto,
l'amore ti prende
e ti scaglia contro il muro
e ti fa soffrire
nel momento in cui
non puoi stare con chi
vorresti,
e gli altri che ti cercano
non ti interessano,
perché non sono lui.
Tu ora vuoi accanto
soltanto qualcuno
che "resti",
che resti per davvero,
sei stufa di chi prova
a stare con te
ma è pronto
a mollare tutto
non appena qualcosa
andrà male,
tu vuoi qualcuno
che non ti molli
neanche per sbaglio,
che se lo allontani
torni con tutto il suo coraggio,

ti stringa
e mandi tutte le tue insicurezze lontano,
via da te,
per sempre via da te.

CAPITOLO 10

Con te ho messo sempre tutto il cuore,
per non aver mai nessun tipo di rimpianto.

Non so cosa fare, se confessarle ciò che ho sentito la notte prima o far finta di nulla, tutta questa situazione è assurda per me.

Ci alziamo alle 9 e io propongo di andare a fare una camminata.

Quando cammina, lei parla, parla, parla... e mentre parla si perde nella bellezza della natura, riesce ad aprirsi con me e mi svela alcuni suoi segreti, e penso che forse mi racconterà anche ciò che è successo la notte prima e che sicuramente non è un episodio isolato.

Camminiamo per un'oretta, ma lei non dice nulla, arriviamo in un bar e decido di fare una proposta: «Ti va di mangiare qualcosa?».

«Certo amore» risponde lei, facendo finta di nulla.

Già so che dietro quel "Certo amore" ci sono un sacco di bugie, chissà da quanto tempo va avanti così.

La amo, ma faccio fatica a starle accanto se lei non fa nulla per stare accanto a se stessa.

Poi riprendiamo il nostro giro. Anche oggi indossa dei vestiti molto larghi, lei è bella con qualsiasi cosa, però ora capisco che forse vuole solo nascondersi dentro a questi vestiti.

«Come mai ti vesti così?» le chiedo io.

«Perché mi piace questo look» mi dice, e continua: «A te non piace?».

«A me piaci sempre, anche quando sei in pigiama e non sei truccata. Per me sei bella lo stesso.»

«Grazie, ora sono più tranquilla.»

Non credo molto alle sue parole, credo invece che si vesta così perché non è a suo agio con il suo corpo.

Non si sta amando abbastanza.

Arriviamo a casa e io mi sdraio sul letto, lei si mette subito accanto a me.

«Grazie amore» mi sussurra all'orecchio.

«Grazie per cosa?» le chiedo io.

«Grazie per esserci sempre, da gennaio sei l'unica persona che mi sta accanto, grazie di esistere.»

Quel "grazie di esistere" blocca per un attimo ogni mia preoccupazione, è bello, ogni tanto, sapere di essere importanti per qualcuno e io ho lei, che ora dipende da me.

Non voglio ferirla, ma vederla stare male fa stare male anche me.

Si alza dal letto e va in bagno, accende il phon e apre tutti i rubinetti, ma io riesco comunque a sentire gli stessi gemiti della sera prima.

Quando esce dal bagno, non ha più il maglione, ma solo una canottiera bianca. È scheletrica, ha perso tutte le forme e non se ne sta rendendo conto.

Sta scomparendo e io non posso più continuare a vederla così.

«Ho il pullman tra un'ora.»

«Così presto? Ma non mi avevi detto niente...»

«Non posso amarti, se non ti ami tu» rispondo io, prendendo la borsa.

«Ti prego, fallo.»

«Non posso, non mi stai dando la possibilità di amarti...»

«Sì che puoi.»

«Ogni cosa che ti dico viene sminuita, perché tu non ti vedi come ti vedo io.»

Con la borsa in spalla esco di casa, a volte l'amore fa proprio male.

Fa male perché il destino non dipende da te, e se chi ti sta a fianco non ci prova nemmeno a far funzionare le cose, neanche per caso, allora sei davvero solo.

Certe volte bisogna mollare la presa. Anche solo per un attimo. Quando capiamo di non essere presenti a noi stessi. E nemmeno nella mente di chi ci sta accanto.

AVEVI AFFIDATO IL
TUO SORRISO A
UNA PERSONA,
E ADESSO NON TI
BASTI DA
SOLA

TI AVREI DATO TUTTO

è la frase che parla di noi,
anche se noi siamo stati
bravi a parlare soprattutto
quando le mura di Roma ci circondavano e
riempivano tutto
d'amore.

Delle volte
non vuoi nessuno
oltre al tuo qualcuno,
perché il tuo qualcuno
è tutto quello che desidera
il tuo cuore.
Il mio "qualcuno" eri tu
e non volevo nessun altro.
Avevo trovato il cioccolato

e non mi andava di assaggiare nient'altro.
Lo sai che amo la cioccolata,
perché una volta me l'hai comprata proprio tu.
Ma da quando non ci sei più tu,
ho smesso di comprarla anch'io.
Mi fa male pensare
a ciò che mi piaceva quando c'eri tu,
perché ho condiviso
ogni cosa con te
e adesso ogni cosa condivisa
con te
mi fa terribilmente male,
come il fuoco
che tocca la pelle
ed è normale
che non faccia sorridere,
non fa sorridere per niente,
ti svuota dentro
ma tu
devi far finta che non sia successo nulla
perché tutto quello che
hai passato
lo sai solo tu,
e puoi contare solo su di te.
Devi contare solo sulle tue ossa,
per capire quanto puoi reggere

ancora in piedi da sola,
ci sta il "farsi male",
può capitare,
ma devi sbrigarti a guarire,
perché le ferite non rimarginate
rischiano di infettarsi
e tu hai già sofferto abbastanza
e ora è venuto il momento
di iniziare a lasciarsi scivolare tutto,
di farsi passare tutto.
Non vuoi delle cicatrici sulla pelle, giusto?
E che aspetti a tornare a sorridere allora?
Eppure non ci riesci.
E come darti torto.
Avevi affidato il tuo sorriso
a una persona che ora non c'è più
e adesso non ti basti da sola,
hai bisogno
di qualcuno
per sorridere ancora
perché il tuo qualcuno, forse,
sta già sorridendo senza di te
e non è facile, lo so,
ma non puoi continuare
a farti del male.

Certe mancanze ti svuotano dentro,
eppure tu non molli mai,
ci hai fatto l'abitudine a fartele passare,
anche se non passano mai.

CAPITOLO 11

Ci sono storie che non finiscono mai, bisogna soltanto attendere di preparare un nuovo capitolo.

Dopo essere andato via da casa sua non ho più avuto sue notizie. Sono trascorsi i giorni, è arrivato l'autunno.

Mi manca.

Non è una di quelle mancanze che ti passano quando riesci a distrarti, con questa mancanza non puoi farci nulla.

Perché la mia distrazione è lei, mi distrae dal casino che è la mia vita, mi distrae dagli insuccessi e dalle cose che non hanno funzionato e continuano a non funzionare e io non voglio distrarmi da lei.

Io voglio lei.

Voglio lei accanto a me anche quando accanto ho tutti, perché senza lei è come essere soli, anche in mezzo alla gente.

Non è facile trovare una soluzione, quando il destino della relazione non dipende da te.

Vorrei far capire a Nicole che per me è perfetta così.

A me non interessa il suo fisico, voglio solo vedere il sorriso stampato sul suo viso.

Se pensa di non piacermi per il suo corpo, devo farle capire che il suo corpo non è il problema della nostra relazione.

Devo trovare un modo per farle cambiare idea anche se cambiarla sembra la cosa più difficile di questo mondo.

Deve capire quanto è bella.

Quanto è bella nonostante tutto.

Nonostante i chili di troppo, che non ha.

Nonostante le assenze che da sempre riempiono la sua vita facendola sentire costantemente piccola, svuotata.

Svuotata da quelle presenze che non ha avuto mai.

E ora che ha trovato me, che ci sono per lei, anche senza essere costantemente presente, non sa tenermi.

Non sa tenermi perché non tiene a cuore se stessa.

E io devo fare qualcosa per cambiare tutto.

Chiamo mia cugina Anne.

Era stata lei ad aiutarmi a modificare le foto di Roma, perché io sono una frana in queste cose.

Subito dopo averle fatte editare ho cancellato le originali e quindi non ho idea di come far tornare le nostre foto come erano.

Anne ha sempre avuto qualche chilo di troppo secondo qualcuno, ma a lei non importa, se ne frega delle critiche.

E ha ragione.

Se sorridi tu, sorride anche il tuo corpo e lei si ama, si ama per davvero.

«Anne, mi aiuti a riconquistare la mia ragazza?»

«Ti ha lasciato?»

«No, lei mi ama.»

«E allora qual è il problema?»

«Non ama se stessa.»

A quel "non ama se stessa" penso che Anne abbia capito di cosa stavo parlando.

Ha visto le foto di me e Nicole sul mio profilo e mi ha sempre detto che a suo parere era un po' magrolina.

«È così di costituzione» ho sempre risposto io, per non farle capire niente.

E adesso è passata dal non capirci niente a capirci tutto.

«Certo che ti aiuto, dimmi cosa devo fare.»

«Potresti far tornare le foto di me e Nicole a Roma come prima?» Forse non è un'idea così geniale, ma è l'unica che mi viene in mente in questo momento.

«In che senso, Marco?»

«Puoi ritoccarle nuovamente ed eliminare tutti i filtri? Farle tornare come erano all'inizio, originali. Voglio far capire a Nicole che era perfetta in quelle foto, e il motivo per cui te le avevo fatte modificare non è mai stato perché non era abbastanza bella. Voglio farle capire che a me importa solo di lei.»

«Non rischieresti di peggiorare le cose pubblicando le foto originali? Forse se lei non si piace nelle foto potrebbe rimanerci male» mi domanda Anne perplessa.

«Preferisco rischiare di perdere il suo amore per me, piuttosto che farle perdere la vita.»

Voglio che le foto tornino uguali alle originali, non voglio più filtri. Questi maledetti effetti ci fanno credere che senza di essi non siamo abbastanza e invece siamo belli ugualmente.

Bisogna dare un segnale forte a Nicole. Deve riprendere in mano la sua vita. Per tutte quelle volte che ha cercato di farla finita, non mangiando abbastanza, per scomparire. Scomparire da un mondo di taglie 38.

Voglio dimostrarle che per me non esiste taglia.

A sera inoltrata ricevo le foto da Anne. Ne scelgo una e la pubblico, sopra scrivo: «La bellezza non ha taglie e neanche effetti, tu sei perfetta così».

Io e Anne attendiamo con ansia una risposta da parte sua.

La risposta non si fa attendere.

Dopo qualche minuto, compare un suo like alla foto postata.

Non so se scriverle o meno, è una scelta difficile.

«Complimenti» mi scrive lei, anticipandomi.

«Per cosa?»

«Hai pubblicato quella foto, in cui faccio schifo...»

«No, eri perfetta in quella foto. Eri perfetta e lo sai anche tu che modificandole ho rovinato tutto e ho rovinato anche te, ma non volevo...»

«Fanculo Marco» mi scrive, disconnettendosi da Facebook. Scompare il suo "online" e anche quel "sta scrivendo".

Mi ha bloccato.

Non le scrivo su WhatsApp, sono sicuro che mi ha bloccato anche lì. Così le scrivo un sms: «Nicole, volevo dirti che se solo fossi riuscita ad amarti ancora un po' ti avrei dato tutto e sono disposto a tornare a darti tutto, appena ricomincerai ad amarti ancora un po'».

Invio.

Non mi aspetto una sua risposta e vado a dormire.

Improvvisamente sento un suono, si illumina il led del telefono: due suoi messaggi.

«Ricomincerò a farlo.»

«Ti avrei dato tutto anch'io.»

Sono sicuro che ricomincerai a farlo e io tornerò a scrivere di te.

A VOLTE MI MANCHI
ANCHE TU,
DICO A VOLTE PERCHÉ
SEMPRE È UNA
PAROLA CHE FA
MALE

TI AVREI DATO TUTTO

è la frase che parla di noi,
anche se noi siamo stati
bravi a parlare soprattutto
quando le nostre braccia si sfioravano
per sbaglio
e le nostre dita si intrecciavano
per scelta.

Mi mancano i rischi che
solo con te correvo,
e le passeggiate
che mi facevi fare.
Mi mancano anche le stazioni dei treni
in cui venivi a prendermi,
e le emozioni
che tu mi facevi provare.

A volte mi manchi anche tu,
dico a volte perché sempre
è una parola che fa male.
Fa male come quei chilometri.
combattuti ogni volta,
e che ogni volta
mi facevano venire
più voglia di vederti,
più voglia di correre da te,
di correre tra le tue braccia
e i tuoi sorrisi accesi,
tra i tuoi capelli castani
e i tuoi occhi scuri,
correre tra le tue braccia,
per tornare a stare bene,
perché io sto bene
soltanto se ci sei tu
con me.

Ringraziamenti

Per questo romanzo *Ti avrei dato tutto* voglio ringraziare voi che ci siete sempre stati anche quando nessuno nella realtà era in grado di starmi vicino.

Sto parlando proprio di voi, a cui io ho dato tutto e da cui ho ricevuto tutto indietro, di voi che mi seguite costantemente sul mio profilo Instagram @nicolaspaolizzi da quando avevo appena cinquecento seguaci e ora siamo cinquecento mila e io giuro, non posso crederci.

Non posso proprio crederci.

Siamo diventati una comunità eccezionale, una famiglia gigantesca, avete colmato tutti i vuoti che avevo e li avete riempiti tutti, vi giuro, li avete riempiti proprio tutti.

Voglio ringraziare mia mamma per avermi insegnato cosa voglia dire amare ed essere amati, per avermi dato la possibilità di studiare e imparare a scrivere tutto ciò che mi passa per la testa.

Voglio ringraziare mia nonna per non avermi mai fatto mancare il cibo che tanto amiamo qui in Abruzzo, sei la mia forza e anche il mio coraggio. Affrontiamo la vita una lasagna alla volta, io e te, e ti adoro per questo.

Voglio ringraziare le mie zie, in particolare mia zia "Pina" per avermi detto «scrivi un libro per togliere un po' di casini dalla tua testa» e io l'ho fatto, ne ho scritti due e ne scriverò tanti altri, perché scrivere mi ha salvato.

Voglio ringraziare te, per avermi fatto provare l'amore e anche l'odio, per avermi fatto crescere tutto d'un colpo. Voglio ringraziare te, per avermi permesso di scrivere un libro su noi, noi che siamo stati bravi a parlare annullando le distanze ogni volta.

A chi consiglieresti questo libro?

Metti la foto di questa pagina nelle tue stories o nel tuo profilo Instagram e fammi sapere a chi consiglieresti di leggere questo libro.

Subito dopo questa foto, inserisci anche quella della copertina del libro e taggami.

Ogni foto verrà ricondivisa sul mio profilo e seguirò qualcuno di voi!

Nicolas

Consiglio a:

@_____

@_____

Di leggere: *Ti avrei dato tutto*
di: @nicolaspaolizzi

Finito di stampare nel mese di luglio 2019
presso Grafica Veneta S.p.A. – Via Malcanton, 2
Trebaseleghe (PD)

Printed in Italy